卓尔文库·大家文丛

天际月长明

乐黛云——著

▲海天出版社（中国·深圳）

图书在版编目（CIP）数据

天际月长明／乐黛云著．—深圳：海天出版社，2016.9
（卓尔文库·大家文丛）
ISBN 978-7-5507-1765-7

I.①天…　II.①乐…　III.①散文集－中国－当代　IV.①I267

中国版本图书馆 CIP 数据核字 (2016) 第 224892 号

天际月长明
TIANJI YUE CHANGMING

出 版 人：聂雄前
出 品 人：刘明清
责任编辑：韩慧强　王媛媛
责任印制：李冬梅
封面题签：王之镛
装帧设计：浪波湾工作室

出版发行：海天出版社
地　　址：深圳市彩田南路海天综合大厦（518033）
经　　销：全国新华书店
印　　刷：北京新华印刷有限公司
开　　本：787 毫米 ×1092 毫米　1/32
字　　数：128 千字
印　　张：6.75
版　　次：2016 年 9 月第 1 版第 1 次印刷
定　　价：68.00 元

策　　划：大道行思文化传媒有限公司
地　　址：北京市海海淀区蓝靛厂南路 55 号金威大厦 707—708 室（100097）
电　　话：编辑部（010-51505219）　　发行部（010-51505079）
网　　址：www.ompbj.com　　邮箱：ompbj@ompbj.com
新浪微博：@大道行思传媒　　微信：大道行思传媒（ID：ompbj01）

大道行思公司常年法律顾问：天驰君泰律师事务所律师　冯培　010-61848179
凡有印装质量问题，电话致 010-51505079 进行调换

目　录

辑一

故乡的月

无论在什么情况下，中国古人对大自然都充满热爱。他们生活在大自然的山水之中，与大自然合为一体。中国许多典籍都强调人是大自然的一部分。道家强调"万物一体"，他们认为万物的本原都是一样的，只是形态有所不同。因此庄子强调"万物与我为一"。儒家朱熹（1130—1200）认为：人只是天地万物中的一例，如果认识到这一点，和山水林木一样，顺应自然，就会无所窒碍，胸中泰然。他有一首著名的诗这样写道："昨夜扁舟雨一蓑，满江风浪夜如何？今朝试卷孤篷看，依旧青山绿水多。"隐喻着人和自然一样，也会有风雨满江的时候，如果把自己和自然视为一体，风雨过后就会仍然如青山绿水，美好永恒。朱熹说："天即人，人即天。人之始生，得于天也。即生此人，则天又在人矣。"这里可以明显地看到中国人所说的天或天地，指的就是大自然。

从这种与自然万物一体的观念出发，中国古人多认为人与天地自然之间有一种神秘的感应，天象变化总是预示着人间祸福。一颗流星的陨落预告着一个伟大人物的逝去；彗星的出现说明天下即将大乱。从另一个方向来看，君主多行不义，倒行逆施，就会破坏风调雨顺；儿女对父母不孝，也会引来天打雷劈。至今还有许多老百姓对此深信不疑。例如 1976 年，中国出现了陨石雨、扫帚星（彗星）、唐山大地震，许多人都相信这是上天垂象，预示着毛泽东、周恩来、朱德三大伟人在同一年的陨落。

年幼时，在故乡，我还有过一次救月亮的经历，这次经历给我留下了毕生难忘的记忆。中国人对月亮总是怀着深深的、诗意的崇拜。每年八月中秋是月亮的节日，每一家都要祭祀月神，用鲜花和刚成熟的鲜果——艳红的石榴，浅黄的梨，碧绿的莲蓬，还有一大盘、一大盘带籽的、金黄色的向日葵。每年母亲都要在花园里摆上一张高茶几，摆满好吃的供品，当然不会少了那只可爱的泥塑的"兔二爷"（它代表住在月亮上的玉兔）。这时，母亲总是会让我燃一炷香，祈求月里的仙女嫦娥为我的健康、美丽祝福。那年我才五岁，正值中秋佳节前后，我的家乡贵阳可以看到月全食。我和大家一样，都相信月食就是月亮受难，如果没有人帮助，美丽的月亮就会被天狗吞没。为了救月亮，大家都不肯睡觉，一直等到深夜，月亮从天狗的口中逃出。记得那天，碧蓝幽深的晴空，星星很少，满月悠然地在空中漫步。突然，皓月明显地被吃掉了一块，千家万户的锣声震耳欲聋地响起来。我当时很害怕，拼命敲锣，真的相信可怜的月亮正在被天狗吞噬，要依靠我们大家伸出救助的手。但那天狗仿佛并不理会人间的抗议，终于将月亮全部吞没，周围是漆黑一片。这时锣声更响了，我吓得大哭起来。奇怪的是随着哭声和呜呜的驱狗声，天狗竟慢慢地把月亮吐了出来，月亮上的黑影越来越小，终至踪影全无。我压不住心中的狂喜，和大家一起手舞足蹈。全城响起了清脆的鞭炮声，此起彼伏，直到深夜。为这件事，我久久感到骄傲和自豪，不管怎样，为救月亮，我也出了力。

由于中国人深深相信人与自然本属一体，因此，其创世神话也颇不相同。许多民族的创世神话都传说人是由某位上帝或天神所创造，但中国流传得最广的创世神话却是"盘古开天地"。这个神话说，宇宙之初，原是一片混沌，盘古在天地之间，与天地一起生长。盘古长大后，一手撑天，两足踏地，分开了天地。盘古太劳累了，终于死去。他死后，骨骼变为高山，血液化作江河，两眼化为日月，毛发化为草木，寄生在他身上的小虫迎风而长，化作人类。因此人与自然本属一体，中国文化传统无论是儒家还是道家，都很少把人类看作宇宙万物的征服者或统治者，他们认为人是世界万物中的一员，没有权利为自己的利益对其他生物加以改变或伤害。庄子说："圣人处物而不伤物，不伤物者，物亦不能伤也。"庄子特别强调不能以自己的模式来理解他物，更不能用同一模式强加于他物。他说过一个著名的寓言，讲的是："南海之帝为倏，北海之帝为忽，中央之帝为混沌。倏与忽时相与遇于混沌之地，混沌待之甚善。倏与忽谋报混沌之德，曰：'人皆有七窍，以视听食息，此独无有，尝试凿之。'日凿一窍，七日而混沌死。"按照某种千篇一律的模式来改造自然，其结果只能是自然的死亡。所以，在大自然中，"长者不为有余，短者不为不足。是故凫胫虽短，续之则忧；鹤胫虽长，断之则悲。"如果能像自然万物一样，尊重差异，一切听其自然，那就会与世无争，得到最大的幸福。

如梦如幻的水神

如果说山是永恒和稳定的象征，那么，水就代表着流动、多变和捉摸不定。正因为水的品性本身是多变的，有柔和的一面，也有汹涌澎湃的一面。因此中国典籍常把老百姓比喻为水，它可以载舟，也可以覆舟；也就是说老百姓可以成就一个政权，也可以颠覆一个政权。按照中国古代的说法，天地未开之前，原来是一片混沌，后来，出现了阴、阳两种气。阳气向上飘浮，形成了天；阴气向下凝坠，形成了地。阳气的热聚集而成火，火的精华是太阳；阴气的精华聚集而为水，水的精华是月亮。阴和阳是互补、互动的两种力量，都同样强大，但用力的方式不同。汉代（公元前202—公元220）典籍《淮南子》有一段话描述水的这种特殊方式的威力："天下万物没有比水更柔弱的了。水虽然柔弱，但是大到没有极限，深到不可测量，长得没有穷尽，远得没有涯岸……水上到天空就成为雨露，下到地上就生出润泽；水的流行无穷无尽，水的细微无法把握，水的性质至柔至弱，打它，它不会受创；刺它，它不会受伤；斩它，也不能斩断。它的锋利可以穿透金石，它的大力可以通济天下；它游动在不可知的

区域，翱翔在无边际的太空，在深山峡谷间委曲流转，在大荒之野排浪滔天。"（《原道训》）

水神冯夷在诸神之中是最神气的了。他"以天作道，以地为车，用春夏秋东四时为马，令雨师开道，风伯扫尘，以闪电为鞭，用轰雷作车轮，乘着云气，直上霄汉"。（同上）他驾着时间之车，威武雄壮地在无垠的空间来往奔驰。也许正是由于这种天地风雷时空的沟通，中国诗歌常常是把山水和云天联系在一起的。例如李白的诗："人游月边去，舟在空中行。"小船在江中漂游，似乎已和月亮一样在空中漫步。著名诗人王维也有诗说："行到水穷处，坐看云起时。"诗人沿着潺潺的流水，来到小溪的源头，却见水流已成为冉冉升起的浮云。

中国的水神除了大水神冯夷而外，还有许多是温柔美丽的少女，特别是那些幽静澄澈的河流，往往都有关于那条河流的女神的传说。在这些美丽的女神中，最著名的就是洛水之神宓妃。相传宓妃是伏羲氏的女儿。伏羲氏是人类始祖之一，他曾经教人畜牧，结网捕鱼，传说他还创造了八卦。少女宓妃溺水而死，成为洛水之神。洛水发源于陕西洛南，这是一条宁静碧绿的小河，它经过洛阳，汇入黄河。黄河却奔腾咆哮，浊浪滔天。黄河河神就是威震天下的冯夷。不知道为什么，秀美的洛水之神却嫁给了暴躁的冯夷，这当然不是一桩美满的婚姻。在古代神话中，洛神背叛了自己的丈夫，和曾经射落了九个太阳，使人民从酷热中得到解脱的神射英雄后羿有一段恋情。这个传说大概是出于清澈秀丽的洛水，不得不无可挽回地流入浑浊的黄河而引起的不平和同情吧。神话中说，洛神和后羿的恋爱终于被黄河河神冯夷察觉。冯夷化身为一条白龙，卷起翻滚的波涛，与后羿大战，被神射手后羿射瞎了一只眼睛。冯夷要求天帝杀死后羿，但天帝没有同意。为了这段爱情故事，伟大的诗人屈原（约公元前340—约前278）在他的名诗《天问》中还有一问，问的就是：既然天帝降生冯夷和后羿来为老百姓排忧解难，为什么后羿又要箭射河神而和他的妻子洛妃发生关系呢？（"帝降夷羿，革孽夏民，胡射乎河伯而妻彼雒嫔？"）后来，三国时代（公元220—280），著名政治家曹操的次子，诗人曹植来到洛水之上，他心里思念着已经嫁给他哥哥的甄妃，写下了名垂千古的长诗《洛神赋》。他笔下的洛神"像天空中翩翩飞翔的大雁，又像在水中婉转悠游的游龙。远远看去，有如在一片朝霞中冉冉升起的早晨的太阳，从近处看去，又像是澄碧的水波涌现出一朵耀眼的荷花"。洛神的形象一直活在今天的民间故事和年画中。

水神的特点就是和水一样，浮游，变异，不可捉摸。在古老的、经过孔夫子删改的《诗三百》中，有一首描写黄河另一支流伊川的水神的诗，我从小会背，而且常常幻想着那个活泼灵巧，逗引人的、慧黠的女神。"蒹葭苍苍，白露为霜，所谓伊人，在水一方。"当芦苇茂盛成长，洁白的露水已凝结成薄霜的时候，就会看见伊水之神出没在伊水之上。诗中描写道，当你沿着曲折的小路去追随她时，路是那样难行，又那样漫长！当你顺流而下去寻她，她却好像在水中央，当你逆流而上去寻她，她又好像在水草滩上……总之，任你历尽千辛万苦，百般追寻，她却一会儿在沙滩上，一会儿在小洲边，真是让人无法捉摸，永远在前面逗引着，而又让你永远不可企及。

长江最大的支流汉水也是发源于陕西，向东南流到湖北，至武当县一带，被称为沧浪之水。相传伟大诗人屈原曾经在这里遇到一位以捕鱼为生的渔翁，渔翁问他，何以容颜憔悴，形容枯槁。屈原说："举世皆浊我独清，众人皆醉我独醒"，因此不能见容于人。渔翁劝他应随俗而安，不要离群独行。屈原说，他宁可自沉于湘水，也不愿随波逐流，玷污自己清白的人格。渔翁微笑而去，临去时为屈原唱了一首《沧浪歌》，这首歌说："沧浪之水清兮，可以濯吾缨；沧浪之水浊兮，可以濯吾足。"河水有时清，河水有时浊，各有变化，各有其用。应该顺应自然，一切不可强求，尤其不可扭曲自然来顺应自己。沧浪之水就因《沧浪歌》而得名。

中国的大江大河一般都是从西向东流，只有汉水从北向南长达一千五百多公里，由西北高原直泻入湖北平原，汇入长江。这是一条唯一的流向与天上的银河流向相对应的大河，因此，银河在中国又称为天汉，即天上的汉水。关于汉水的女神也有很多传说。《后汉书·马融传》载有"湘灵下，汉女游"。注解说："汉女，汉水之神女。"《诗三百》中的《汉广》一首可能就是祭祀汉水女神的歌谣："南有乔木，不可休思；汉有游女，不可求思；

汉之广矣，不可泳思；江之永矣，不可方思。"著名学者闻一多曾有详细考证，说明游女就是汉水女神。汉水女神和伊水、洛水神一样，也是游动的、难以企及的，只能远远地对她们怀着不尽的情思。浪漫多情的隋炀帝（公元569—618）曾写过一首《春江花月夜》，抒发他对这些迷人的、梦幻一般的水神的眷恋。诗中写道："汉水逢游女，湘川值两妃。""汉水游女"就是上面讲的汉水女神，"湘川两妃"则是另一个哀婉动人的故事。

湘江源出于景色秀丽的广西壮族自治区灵川县，流到桂林著名的风景区阳朔，分流为湘水和漓水。湘水流贯湖南省东部，又与潇水等支流汇合，注入洞庭湖，再汇入长江，流入东海。湘水在湖南境内，称为湘江，亦称潇湘，这条湖南省最大的江历来以它的清澈明丽见称，水深虽达五六丈，仍然可以清楚地看到净如霜雪的水底白沙；水中色泽鲜艳的石子也都历历可数。它的支流汨罗江就是伟大诗人屈原被放逐后，行吟流浪，终于自沉长眠的地方。湘江流过之处都是风景绝佳的地区。湘水与漓水分流的阳朔，早已成为古今驰名的风景胜地，早有"桂林山水甲天下，阳朔山水甲桂林"的说法。湘水与潇水汇合的永州一带，更如未入世的处子，神秘艳丽。诗人柳宗元（公元773—819）的山水游记《永州八记》对这一带的描绘十分引人入胜。明代（1368—1644）皇帝明宣帝曾写过题名《潇湘八景》的诗，其中有"高楼谁得江湖趣，坐听潇湘夜雨声"的名句。后来，"潇湘八景"成为中国许多绘画和民间工艺的重要素材。古代著名学者沈括

（1031—1095）所写《梦溪笔谈》曾载有当时名画家宋迪所画的"潇湘八景"题目，那就是："平沙落雁""远浦归帆""山市晴岚""江天暮雪""潇湘夜雨""烟寺晚钟""渔村落照""洞庭秋月"，谓之八景。如今，潇湘八景已是人们望乡思归的象征，无论在中国诗画里，还是在枕头、被面等的刺绣图案中，我们都能发现它的踪影。日本绘画史上著名的"近江八景"显然受到"潇湘八景"的影响。

在如此美丽景色中，隐现出没的湘江女神当然就更是活跃于许多诗人、画家、民间艺人的幻想和情思之中了。传说湘水的女神湘夫人是中国圣王唐尧的两个女儿，名叫娥皇和女英。唐尧将帝位禅让给虞，把两个女儿也嫁给了他。她们协助舜治理国家，帮助他克服了许多困难和危机。舜经常在外奔波，有一次来到湖南九嶷山，不幸就在那里去世，不再回来。娥皇和女英为了寻找丈夫，千里迢迢，从遥远的北方来到南方，一直走到洞庭湖边的云梦大泽，只见云雾茫茫，再也没有路了。她们俩用双手挖泥，用罗裙兜土，筑了一座高台，希望从高台上能看见前方的路。但是，当她们登上高台，前面仍是水天一色，什么也看不见。她们只好一边哭，一边往南走。她们的眼泪溅在绿竹上，形成了竹身上的点点斑痕；直到如今，这种带斑痕的湘南竹子就称为湘妃竹。她们继续往前走，一直来到湖南的九嶷山。她们的衣裙撕破了，手上也划了很多血道，她们的绣花鞋失落在山上，又被山水冲到湘江下游。那里的老百姓以为她们在湘江淹死了，就把她们的鞋埋葬在湘水之滨，为她们修建了一座二妃墓，立了一块"虞帝二妃之墓"的石碑。从一些传说看，湘江女神和前面谈到的伊水和洛水的温柔美丽的水神很不相同。她们住在洞庭湖边的高山上，她们一出来就会有暴风雨，带着许多神怪，有的是人面蛇身，有的两手高举着巨蛇。《史记·秦始皇本纪》有一段很有意思的记载：说始皇"浮江，至湘山祠。逢大风，几不得渡。上问博士曰：'湘君何神？'博士对曰：'闻之，尧女，舜之妻，死而葬此。'"始皇大怒，他说他不管什么帝尧之女，帝舜之妻，他只知道人间之帝，自他而始，他就是始皇帝，在他之前没有帝，何来帝女？于是"使刑徒三千人皆伐湘山树，赭其山"。但湘江女神仍然经常出没，呼风唤雨，吞云吐雾，使舟船不能渡。可见，水神也不都是那样柔媚多情，如梦如幻的，水给人的感觉也不总是那样柔和清澄。

读经与解经

一位北大保安员在北大讲《论语》，在号称最高学府的北大引起议论纷纷，竟成了一个事件。我认为目前民众热衷于解读经典的现象是可喜的，尽管会发生误读、曲解，但是，哪怕一名草根，也能拥有一个自己的"《论语》世界"，无论如何值得赞赏。

一个人应该如何阅读经典？我想既需要阅读原著，又需要阅读他人解读原著的作品，甚至一名保安员的解读也不容轻视。文化本身是一个交流的过程，一个人如果进入不了另一个人的文化世界，那就相当于身处宝库，却一无所知；如果担心别人的某些曲解或误解会对自己产生误导，不敢去读别人的解读，那就更有点因噎废食的味道了。

当今文化并未因世界经济和科技的一体化而趋同，反而是向着多元的方向发展，每个民族都在用一切努力保存和发展自己固有的文化，都会有自己的文化自觉。文化自觉包含三个层次，首先是要了解自己文化的根，如果一个民族不了解自己的文化特点，那么该种文化就很容易被湮灭、淡化。第二，要对经典做出现代解释。今天读经绝不是回到过去的私塾状态，那种封闭的读法对今天并无多大意义。比如于丹的《论语》心得，就有很多她个人对经典的现代的诠释。尽管她加入了很多个人的色彩，不一定就是经典的原意，但现在谁又真正懂得当时作者的原意是什么呢？恐怕谁也无法把孔子从历史中挖出来，让他告诉我们《论语》的原意究竟是什么。我相信，于丹在做这件事时，并没有想着能出书或者赚钱，这些都是后来的事。人们指出于丹书中的错误或自己对她的不同理解，当然可以，但批评决不应该指向于丹的动机，她有联系实际，对经典做出现代诠释的想法，是很难能可贵的。其实任何一部经典，不同的时代、不同的人，都有不同的诠释。保安员谭景伟的《论语布衣解》，有他自己的文化世界。最可贵的更是他有解读经典的愿望，绝不能用"炒作"二字抹杀一切积极意义。

文化自觉的第三个层次，便是了解自己文化在世界上与其他文化相比有哪些特点。现在是文化重构、互相启发、多元共生的时代，我们必须知道，我们的文化能为别的文化提供哪些东西，别人的文化有哪些值得我们学习。这种时候，就决不能用"只读原文、只读原著"的框框将自己框死。翻译中会有曲解，解读中会有误读，但是没关系啊，一个人只要读的书多，就会在以后修正这些错误，绝对不能因为怕，就因噎废食。比如托尔斯泰、歌德、莎士比亚等等，都有很多不同的诠释作品，如果不读这些诠释，就进入不了他人的文化世界。我们不仅要读中外名士对经典的解读，也要看底层草根的解释，任何一人的诠释都不应轻视。

当然，看他人的解读，必得有一个基础：那就是自己要阅读原著。如果一个人说，他读了某某的《论语》心得、某某解读的《史记》、某某说的《红楼》，就认为自己已经懂得某部经典，那就太肤浅了。读书除了交流，更重要的是一个修身养性的过程，在进入了他人的文化世界之后，能抽身进入自己的文化世界，才是最终的目的。

怀旧与乡愁

人总得生活在一定的时段和一定的环境中，这两者构成的坐标就是人所生活的那个点。记得二战时期曾有一首著名的苏联歌曲，其中唱道："我们自幼所喜爱的一切，宁死也不能让给敌人！"所谓"自幼所爱"，就是在你所生活的那个时段中，你周围的山川河流，父老兄弟，风俗习惯，神话传说……以至家里的桌椅板凳，锅碗瓢盆和你在那段时间所感受到的、沉淀于你的记忆中的一切。无论你走多远，这一切都会潜藏在你心的深处，诱你回归。

钱锺书先生 1947 年 3 月曾在《书林季刊》(*Philobiblon*) 上用英文发表了一篇有关还乡与乡愁的文章 (*The Return of the Native*)。他说，他发现了一个堪称所有道家及禅宗说教之核心的隐喻，即漫游者回归故土的隐喻，或浪子回到父亲身边的隐喻，或只是一般意义上的还家。他引庄子的话说："旧国旧都，望之畅然"(《杂篇·则阳》)，又引庄子设计的"云将东游"与鸿蒙的对话，其中后者劝说前者"返归故土""仙仙乎归矣……各复其根"。(《外篇·在宥》)钱先生还引了《妙法莲华经·信解品第四》所讲述的一个寓言，讲说一个"年幼乞儿，舍父出逃，漫游经年，复归故里，父启其智，乃识乡邻"的故事，并联系到"新柏拉图主义的修习者会立刻联想到 Proclus 对灵魂朝圣三阶段的划分：居家，旅行，还乡"。

如今，怀旧、乡愁仍然是人们普遍的情怀，然而，旧和乡已是渐行渐远，人们对自己的历史和乡土所知越来越少，一个不爱自己的历史和乡土的人又如何能爱自己的民族和国家呢？上面提到的《妙法莲华经》所说的"父启其智，乃识乡邻"，就是说要启发人们对乡土、邻里，也就是对自己周围的自然环境和人文环境的理解和热爱，这确实是当今爱国主义教育的极其重要的一环。可惜中国历来是一个中央集权的大国，多有中央文化对地方文化的普及以至覆盖，中央却少有对地方文化的了解，更谈不上地方文化对中央文化的反哺。从这个意义上来说，《贵州读本》的出版确实是一个创举，是先驱，是号角，是旗帜；它的文化价值和现实意义再高的评价也不为过。

有谁真正了解和关切贵州呢？过去，人们对于贵州多半只有一些似是而非的、甚至带有歧视性的印象，浅近一点的，如"天无三日晴，地无三尺平，人无三分银"之类；高雅一点的，还有"黔驴技穷""夜郎自大"等等。总之，贵州是一个又苦、又穷、又没有文化的穷山恶水之乡。然而，钱理群等人精心编辑的《贵州读本》却给我们展开了一幅完全不同的图景。这里有"集五岳之奇险"，仅森林树种就有 730 余种的梵净山；有在赤水河谷延续了两亿年，号称"古生物活化石"的桫椤树国家自然保护区；有"上侪禹碑，下陋秦石""壁立万仞"，首字高 7 尺，末字高 2 尺 6 寸，至今未有识者的 10 行"红岩天书"；在这里还可以看到至柔之水与至刚之石如何结成千古奇观的黄果树瀑布和天星桥，它们或雷霆轰鸣，天河狂泻，或石临水而巧妆，凝固若镶嵌于蓝天的白云，或水绕石而弄影，秋波低回，千娇百媚……难怪国画大师刘海粟要说："贵州山水在孕育着交响乐的情绪，当文化积累到高峰时期，一定要出震古烁今的大天才，来吟唱中华民族心灵深处的大悲欢！"

然而，这"文化高峰时期"何时才能到来呢？作为一个在大学教书的贵州人，我往往不能不为故乡高考成绩连年徘徊在全国最低水平而焦虑，而汗颜。其实，贵州教育也并非从来如此。贵州于明代建省以来，见于记载的书院就有文明书院、阳明书院、贵山书院、正习书院、正本书院、学古书院等 150 余所。其中历史最悠久的是始建于元朝皇庆年间（1312—1313）的文明书院，据记载明代正德四年（1509），春、夏、冬三季，王阳明都曾在此居住和讲学，他采用咏歌、问答、闲聊等多种教学方式，开一代新风。清代雍正十三年（1735），贵州巡抚元展成重修贵山书院，"用银一千两，增建学社 50 间，购买经史子集各类书籍千余卷，又设置学田，作为生员膏火来源。"（《贵州读本》228 页）。光绪二十三年（1897），学政严修改革学古书院，增设算学、外语、格致（物理化学）诸科。他为学生写下 32 字座右铭："礼义之学，孔孟程朱，辞章之学，班马韩苏；经济之学，中西并受，中其十一，而西十九。"（同上）在一些有远见卓识的官员和一些被贬谪而来的大学者（除王阳明外，尚有弹劾严嵩父子的张翀，冒犯权相张居正，被廷杖 80 发配的邹元标等）的倡导下，贵州教育也曾盛极一时，以至不仅在明清两代 543 年间，出现了"六千举人七百进士"的好成绩，而且在辛亥革命前后也涌现出一批志在改革的优秀人才。

可见一切并非宿命，要紧的是"事在人为"。当我得知北京大学钱理群教授提前退休，去到贵州一个偏僻的山村中学，教初中一年级语文，志在探索如何通过语文课，自幼培养一个高洁的灵魂时，我感到了深深的愧疚和震撼。我们常常埋怨"世风日下，道德沦丧"云云，但作为一个教育者，我们为改变这种现状究竟做过什么呢？"无奈"——这只巨魔之手似乎扼杀了我们的进取之心，甚至覆盖了我们生活的全部。钱理群教授不仅身体力行，真正为教育献身，而且高瞻远瞩，开风气之先，和贵州的先觉者们一起编写了这第一部乡土教材——《贵州读本》，它在时间和空间的坐标上，极其丰富地展示了贵州，这一片热土的历史沿革、山川地貌、风土人情，并以充沛的激情和平易的语言出之。我愿再说一遍：它的文化价值和现实意义再高的评价也不为过。

漫谈中国艺术的四绝之一：灯谜

　　猜谜有着非常古远的历史。在西方，谁都知道那个用谜语难人的人面狮身斯芬克司。相传她的谜语是由掌管艺术的女神缪斯所传授。她的谜语是：今有一物，同时只发一种声音，但先是四足，而后两足，最后三足，这是何物？希腊英雄俄狄浦斯终于猜出谜底是人，因为人在婴儿时期用四肢爬行，长大时两足步行，老年时拄杖而走。谜语被猜中，斯芬克司当即自杀，因为她认为自己失去了原有的超人全智。至今，斯芬克司仍是智慧的象征，她的雕像作为艺术品，横卧在埃及吉萨地方。据考证，这一卧像建成于公元前 2550 年，那么，西方猜谜的历史至少应有五千年了。

　　在中国，猜谜的活动至少可以上溯到春秋时代。当时谜语称为廋辞。《国语·晋》曾载有："有秦客廋辞于朝，大夫莫之能对也。"元代周密著《齐东野语》解释说："古之所谓廋辞，即今之隐语，而俗所谓谜。"谜语至魏晋而大盛。《世说新语》曾记载曹操和杨修过曹娥碑，见碑上题有"黄绢幼妇，外孙齑臼"的字样，杨修首先猜出谜底："黄绢，色丝也，于字为'绝'；幼，少女也，于字为'妙'；外孙，女（之）子也，于字为'好'；蜜臼，受辛也，于字为'受辛'（古辞字），所谓'绝妙好辞'。"这种字之离合，为汉字所特有，可谓举世无双，更为千古文人所雅好。刘勰在他的《文心雕龙》中专辟《谐隐》一章，可见当时隐语、猜谜之盛。刘勰指出楚威王、齐威王都是"性好隐语"，并说汉代还有专门记载隐语的《隐书》十八篇（今佚）。刘勰认为隐语有两种：一种是"遁辞以隐意"，即用隐约的言辞来暗藏某种意义，以说明不好直说的事；另一种是"谲譬以指事"，用曲折的譬喻来暗示某件事。二者都有猜谜的性质。刘勰认为所谓"谜"，就是用改头换面的说法来迷惑对方，有的是离文拆字，有的是刻画事物形状而不说破（"谜也者，回互其辞，使昏迷也。或体目文字，或图像物品"）。刘勰从他的正统文学观念出发，认为隐语都应有寓意，起讽喻作用，他把那些缺少寓意、起不了讽喻作用的隐语特称为"谜"，认为这种"谜"只能"为童稚之戏谑"。因此，他把谜语归入小说一类，只承认它的扩大视野的作用："文辞之有谐隐，譬九流之有小说，盖稗官所采，以广视听。"

其实，猜谜活动之历数千年而不衰，除了"以广视听"外，更重要的还是因为它机智、幽默，不难欣赏，也不难创作，不仅能益人智慧，而且能给人娱乐。正是因为这些独特之处，它才能始终生机蓬勃，在雅文化和俗文化中都广为流传。

大体说来，从形式上看中国的谜语有两种：一种是以隐喻、形似、暗示或描写其特征，或取其谐音等方法做出谜面，以猜射事物；另一种则着重于文字意义，谜底或为一个字、一句诗、一种名称；这种谜通常将谜面贴于节日花灯之上，以供射，特称"灯谜"，当然，灯谜也有以事物为谜底的。人们把书法、水墨画、京剧、灯谜合称中国艺术"四绝"，实在很有道理。遗憾的是，也许是由于正统文学观念，也许是由于瞧不起小物事，这一雅俗共赏、人人喜好、代代创新的中国一绝，却还远未引起应有的重视。在世界谜语创作的脉络中，深入研究中国谜语的特色和意义固然谈不上，就连资料的钩沉和系统整理也还差得很远。赵首成、邵滨军二位卓有远见，在完成《新时期灯谜佳作集》之后，又合力编纂《古今优秀灯谜鉴赏辞典》，不仅蒐集达三千余则，而且附有简明分析和评点，实是难得之创举。相信这部《辞典》能在已嫌泛滥的《辞典》之潮中，独树一帜，乘风破浪，让历史记下自己的功勋。

从中国文化走出去想到林语堂

1938 年，林语堂用英文写的向西方介绍中国文化的《生活的艺术》一书出版，引起轰动，成为美国畅销书排行榜第一名，且持续时间长达 52 个星期。后来，此书在美国重印了 40 余次，并被译成十多种不同的语言，包括英国、法国、德国、意大利、日本、丹麦、瑞典、西班牙、荷兰等语，直到今天它的影响力仍然不衰。林语堂 1935 年写的《吾国与吾民》也深受美国读者喜爱。诺贝尔文学奖获得者、美国作家赛珍珠说："长期以来，我就希望他们中的某个人可以为我们所有的人写一本有关他们自己的中国的书，一本真正的书，渗透着中国人基本精神的书。"而《吾国与吾民》正是她所期待的那一本。她评价说："我认为这是迄今为止最真实、最深刻、最完备、最重要的一部关于中国的著作。更值得称道的是，它是由一位中国人写的，一位现代的中国人，他的根基深深地扎在过去，他丰硕的果实却结在今天。"

七十余年过去了。中国的经济地位、文化实力无疑大大超过了 20 世纪 30 年代，但是，为什么直到今天还不曾出现一本和林语堂以上两本书在国外的影响可以媲美的中国人自己写的书呢？我想这可能有以下几个原因：

首先是林语堂对中国文化有深刻广泛的了解和热爱，能够捕捉到中国文化的神髓，并以简约的形式传达给西方读者。林语堂虽然没有陈寅恪、钱锺书那样的家学渊源，文化根底（他出生于一个基督教牧师家庭，后来进入上海著名的教会大学圣约翰大学），但他勤于学习，努力实践。他不仅用英文写了《中国的智慧》《孔子的智慧》和《老子的智慧》等综合性介绍，而且直接将中国文化名著译成英文，如陶渊明的《古文小品》、苏东坡的《东坡诗文选》、沈复的《浮生六记》、郑板桥的《板桥家书》、刘鹗的《老残游记》等。

其次，他的家庭背景和经历使他比较容易理解西方读者的文化趣味和内在需求，因此有可能针对他们的兴趣爱好，对中国文化给予准确、到位和贴切的解释。他总是把外国读者置于朋友的地位，将心比心，尊重不同文化的差异，而不是向他们灌输、宣传，更不是向他们炫耀什么软实力！

再次，林语堂以平和的心态、自由的精神、杰出的文学才能，从容自若，娓娓道来。在选题方面，不论题目，大至宇宙，小至苍蝇，都可以成为其描写对象，做到了"有容乃大"，易于读者接受。他创造了一种所谓"娓语文体"，与启蒙文体的高调、傲慢、急躁形成尖锐的对立。

更重要的是，他的一切出发点都基于坚定的跨文化思想的考虑。这也许与他在美国哈佛大学研究比较文学的经历有关。

1919 年，他曾获得半额奖学金，离开清华大学去哈佛比较文学系学习；与他同学的有吴宓和梅光迪等，林语堂深受他们的影响。他始终认为理想的生活应该是中西互补的，既要"努力工作"，又要"尽情享受"，而且这二者相互交融，不可分离。林语堂说："人生永远有两方面，工作与消遣，事业与游戏，应酬与燕居，守礼与陶情，拘泥与放逸，谨慎与潇洒。其原因在于人之心灵总是一张一弛，若海之有潮汐，音之有节奏，天之有晴雨，时之有寒暑，日之有晦明。宇宙之生律无不基于此循环起伏之理，所以生活是富有曲线的"，也就是多样的。30 年代，著名的文化人往往会在自己 40 岁生日时，对自己过往的人生作一些回顾和小结，写下一段人生感言。1934 林语堂 40 岁，他也写了《我的话·杂说》五则联语，既总结过去，也树立了今后的人生准则。其内容如下：

> 道理参透是幽默，性灵解脱有文章。
> 两脚踏东西文化，一心评宇宙文章。
> 对面只有知心友，两旁俱无碍目人。
> 胸中自有青山在，何必随人看桃花？
> 领现在可行之乐，补平生未读之书。

这说明他宽容通达的人生观和独立思考，以及汇通东西文化的宽阔视野。林语堂的一生，正是在这个基础上创造了至今无人企及的中西跨文化流通的实绩。

关于月亮的传说和欣赏

世界各地都有说不尽的关于月亮的诗文和民间传说。月亮永远是人类欢欣时分享快乐的伴侣，也是忧愁时诉说痛苦的对象。但是，不同文化却对月亮有不同的描述，他们对月亮的欣赏角度和欣赏方式也往往是各不相同的。

在中国文化中，月亮首先是超越时间和空间的孤独的象征。千百年前，一个美丽的少女，吃了长生不死的灵药，她感到身轻如羽毛，一直飞升到月亮之中。在那里，她永远美丽年轻，陪伴她的只有玉兔和吴刚。玉兔永远重复着捣药的动作，年轻力壮的吴刚则被罚砍树，砍断了又重新长上，年复一年，永无休止。总之，时间消逝了，不再有发展，空间也固定了，不再有变化。然而这个名叫嫦娥的少女却并不快乐，她非常寂寞，正如一首诗中所写的："嫦娥应悔偷灵药，碧海青天夜夜心。"

在中国诗歌中，月亮总是被作为永恒和孤独的象征，而与人世的烦扰和生命的短暂相映照。李白最著名的一首《把酒问月》诗是这样写的：

白兔捣药秋复春，嫦娥孤栖与谁邻？

今人不见古时月，今月曾经照古人。

古人今人若流水，共看明月皆如此。

唯愿当歌对酒时，月光长照金樽里。

今天的人不可能看到古时的月亮，相对于宇宙来说，人生只是一个微不足道的瞬间，然而月亮却因它的永恒，可以照耀过去的、现在的和未来的人们。千百年来，人类对于这一人生短暂和宇宙永恒的矛盾完全无能为力。我们读李白的诗时，会想起在不同时间和我们共存于同一个月亮之下的李白，正如李白写诗时会想起也曾和他一样赏月、在他之前的古人。正是这种无法解除的、共同的苦恼和无奈，通过月亮这一永恒的中介，将"前不见"的古人和"后不见"的来者联结在一起，使他们产生了超越时间的沟通和共鸣，达到了某种意义上的永恒。李白终其一生，总是把他对永恒的追求和月亮联系在一起。他的另一首诗《月下独酌》写道："花间一壶酒，独酌无相亲。举杯邀明月，对影成三人。"在深夜绝对的孤独中，他只有永恒的月亮和自己的影子做伴。虽然三者之间也曾有过快乐的交会，但那只是短暂的瞬间："我歌月徘徊，我舞影零乱。醒时同交欢，醉后各分散。"李白所向往的是永远超越人间之情，和他所钟爱的月亮相会于遥远的星空银河之上，即这首诗的结尾所说："永结无情游，相期邈云汉。"传说李白死于"江中捞月"。他于醉中跃进江里，想要拥抱明月，他为明月献出生命，也就回归于永恒。

日本文学也有大量关于月亮的描写，但日本人好像很少把月亮看作超越和永恒的象征，相反，他们往往倾向于把月亮看作和自己一样的、亲密的伴侣，有时甚至把月亮置于自己的保护之下，而对它充满爱怜。例如 13 世纪的道元禅师（1200—1253）曾经写道："冬月拨云相伴随，更怜风雪浸月身"。有"月亮诗人"之美称的明惠上人（1173—1232）写了许多有关月亮的诗，特别是那首带有一个长序的和歌《冬月相伴随》最能说明这一点。《序》是这样写的：

> 元仁元年（1224）十二月十二日晚，天阴月暗，我进花宫殿坐禅，乃至夜半，禅毕，我自峰房回到下房，月亮从云缝间露出，月光洒满雪地。山谷里传来阵阵狼嗥，但因有月亮陪伴，我丝毫不觉害怕。我进下房，后复出，月亮又躲进云中，等到听见夜半钟声，重登峰房时，月亮又拨云而出，送我上路。当我来到峰顶，步入禅堂时，月亮又躲入云中，似要隐藏到对面山峰后，莫非月亮有意暗中与我做伴？步入峰顶禅堂时，但见月儿斜隐山头。

这时，他写了两句诗：

山头月落我随前，夜夜愿陪尔共眠。

接着，他又写道：

禅毕偶尔睁眼，但见残月余辉映入窗前。我在暗处观赏，心境清澈，仿佛与月光浑然相融。

最后，他写出了最为脍炙人口的两句诗：

心境无翳光灿灿，明月疑我是蟾光。

日本著名作家川端康成在他的诺贝尔文学奖获奖演说中，引录了这首诗，并分析说：

这首诗是坦率、纯真、忠实地向月亮倾吐衷肠的 31 个字韵，与其说他是所谓"与月为伴"，莫如说他是"与月相亲"，亲密到把看月的我变为月，被我看的月变为我，而没入大自然之中，同大自然融为一体。所以残月才会把黎明前坐在昏暗的禅堂里思索参禅的我的那种"清澈心境"的光误认为是月亮本身的光了。

川端康成还指出，这首和歌是明惠进入山上的禅堂，思索着宗教、哲学的心和月亮之间，微妙地相互呼应，交织一起而吟咏出来的，它是"对大自然，也是对人间的一种温暖、深邃、体贴入微的歌颂，是对日本人亲切慈祥的内心的赞美"。明惠的诗和川端康成的分析为我们提供了另一种与李白的诗完全不同的观赏月亮的视角和意境。

希腊神话中的月神塞勒涅（Selene）也是一位美丽的女神。她身长翅膀，头戴金冠，每天乘着由一对白马牵引的闪闪发光的月车，在天空奔驰，最后，隐没在俄刻阿诺斯（Aceanus）河里。在希腊女诗人萨福的笔下，塞勒涅是一个美丽的少女，手执火炬，身后伴随着群星。月神爱上了美少年恩底弥翁（Endymion），恩底弥翁是一个生命短暂的凡人，因为塞勒涅爱他，神就使他青春永驻，但他必须长睡不醒。月神每天乘车从天空经过，来到她的情人熟睡的山洞，和这个甜睡中的美少年接吻一次。神话中说，正是由于这种无望的爱情，月神的面容才显得如此苍白。在这个神话中，美少年恩底弥翁得到了永恒，他付出的代价是无知无觉，和嫦娥一样远离人世。人类总想摆脱时间，追求永恒，其结果往往是悲剧性的；即使他们成功了，他们得到的永恒也不是幸福，而是成为异类，永远孤独。塞勒涅和嫦娥的故事都说明了这一点。希腊月神和希腊神话中的其他神一样，都是有爱，有恨，有嫉妒，精神上过着类似于凡人的世俗生活。

西方现代诗歌关于月亮的描写往往也赋有更多人间气息。下面是法国诗人波特莱尔的一首《月之愁》：

今晚，月亮做梦有更多的懒意；
像美女躺在许多垫子的上面，
一只手漫不经心地，轻柔地
抚弄乳房的轮廓，在入睡之前。
她的背光滑如缎，雪崩般绵软，
弥留之际，陷入了长久的痴愣，
她的眼在白色的幻象上留恋
那些幻象花开般向蓝天上升。
有时，她闲适无力，就向着地球
让一串串眼泪悄悄地流呀流，
一位虔诚的诗人，睡眠的仇敌，
把这苍白的泪水捧在手掌上，
好像乳白石的碎片虹光闪亮，
放进他那太阳看不见的心里。

《恶之花·忧郁和理想》

这样来描写月亮，在东方人看来，多少有一点儿亵渎。波特莱尔的月亮不像李白的月亮那样富于玄学意味，也不像明惠禅师的月亮那样，人与自然浑然合为一体。在波特莱尔笔下，月亮是一个独立的客体，它将苍白的泪水一串串流向大地，流到诗人的心里；在月下想象和沉思的诗人也是一个独立的主体。在另一首波特莱尔的诗《月的恩惠》中，诗人幻想着月亮来到了自己的身边：

> 月亮轻步走下了云梯，
>
> 毫无声息地穿过窗门的玻璃；
>
> 于是她带着母亲的柔软的温和，
>
> 俯伏在你上面，
>
> 将她的颜色留在你的脸上。

在这首诗中，月亮是独立的客体，又是诗中行动的主体，人和自然的关系无论多么亲密，始终是独立的二元。这也许正说明了东方天人合一的思维方式与西方传统的二元对立的思维方式的不同。

总之，三位不同时代、不同文化的诗人用不同的方式，欣赏和描写月亮，却同样给予我们美好的艺术享受。如果我们只能用一种方式欣赏月亮，岂不是我们的重大损失？无论排除哪一种方式，都不能使我们对欣赏月亮的艺术情趣得到圆满的拥有。我想用不同文化的人们对于月亮的欣赏作为例子来说明不同文化可以通过一种中介达到互相理解和认识。诗和传说中的月亮就是这样一种中介，它可以使不同文化的人们欣赏并拥有另一种文化，而得到在本民族文化中不能得到的艺术享受。

辑二

蜻蜓

儿时我喜欢各种昆虫，铅笔盒里常会有几条肉虫，有时还用水彩涂上鲜艳的花纹，用来吓唬那些喜欢装腔作势的女孩。记得有一次，我把一条深绿色、非常肉感的大豆虫放在年轻的英语女老师的讲义上，她吓得叽哇乱叫，引得全场哄堂大笑。我虽被罚站了半堂课，但心里仍然暗自得意。我特别喜欢的是那些在小溪旁绕着两岸的刺梨花和金针花快乐地翻飞的蜻蜓。它们刚从在水面上跳来跳去的、有着很多只腿的褐色的幼虫脱颖而出，长出羽纱一样透明的薄薄的翅膀，颀长而柔软的肚腹，有红色、有黄色、也有灰绿色，两只硕大的黑色复眼占据了大半个头部，余下的就是一张弯弯的好像随时在微笑的大嘴。我尤其喜欢那种有着青翠色的肚腹，翅膀像黑天鹅绒一样柔美的小蜻蜓。它们和花草一起装点着流水潺潺的美丽的小溪。在我心中，蜻蜓永远是和快乐、自由联系在一起。

后来，看了鲁迅的《伤逝》，美丽的蜻蜓完全改变了形象！主人公涓生和子君顽强地战斗过，也曾仗着资产阶级个性解放、自由平等之类武器，并肩傲立于整个封建壁垒之前。然而，这一对曾经充满希望而由爱情结合的青年夫妻的新婚生活竟是如此黯淡，简直触目惊心！失业前，他们是"仅有一点小米维系残生"的"鸟贩子手里的禽鸟"，只能任人摆布；失业后，一并失去那"维系残生"的"小米"，"像蜻蜓落在恶作剧的坏孩子的手里一般，被系着细线，尽情玩弄、虐待，虽然幸而没有送掉性命，结果也还是躺在地上，只争着一个迟早之间"！蜻蜓的意象在我心中，于是全然变色。

记得 20 世纪 80 年代，去巴黎开会，巧遇在巴黎《欧洲时报》担任记者的著名作家祖慰。关于我，他写了一篇《故土来的名家》。他曾写道："在巴黎，我听过她的演讲和她在朋友家中的敞开心扉的谈话，并阅读了她的一部分著作，使我形成了这样奇特的意象链：蜻蜓→鸟贩子的笼鸟→我就是我。"他认为这根意象链，似乎在叙述着中国自 20 世纪 50 年代登台的一代知识分子悲欣交集的乌托邦精神史！他写道："大自然和书籍把她塑造成一个快活的、充满幻想的像一部苏联电影中的女主角——'蜻蜓姑娘'。40 年代末，这位快乐的贵州蜻蜓姑娘唱着解放区的天是明朗的天飞到了北大。50 年代，飞到布拉格参加第二届世界学生代表大会。在抗美援朝的热潮里，蜻蜓姑娘唱出了充满青春激情的战斗的诗——《只要你号召》，获得了全国奖。可是后来，总是拿北大知识分子首先开刀的一系列阶级斗争使她这只率真自由的蜻蜓被政治的线拴住了。直到她和几位同事筹办中文系的一个学术刊物而被加上'反对党的领导'的罪名成了'极右分子'，流放到农村劳改，完全成了鲁迅描写的'像蜻蜓落在坏孩子的手里一般，被系着细线，尽情玩弄、虐待，虽然幸而没有送掉性命，结果也还是躺在地上，只争一个迟早之间'。"祖慰说："看来蜻蜓姑娘被覆灭的命运注定是只争一个迟早之间了。然而，幸亏她拥有中国传统文化中的'随遇而安、自得其乐'的苦闷稀释剂，没有自我毁灭。尤其幸运的是她被交到农村不识字的大娘大爷家里去监督劳动，纯朴的中国老农只凭着人性的直觉和良知去判断，把她当作好人和女儿呵护，才使她躲过了那场60年代初的大饥荒的死劫。总之，蜻蜓没有死，非但没有死，而且历经苦难，化作了滋润大地的春雨！"

我始终怀念祖慰，虽然只是在巴黎萍水相逢，但他那双能识透人心的两眼，他那善于理解和同情的襟怀使我至今难忘。相别近20年，如今，他还在满世界漂泊，还是已回到自己的祖国？不管他在哪里，我都对他满心怀念，深深为他祝福。

小粉红花

从孩提时代起，我就特别喜欢安徒生的童话，可以毫不夸大地说，这些童话正是形成我幼年人生观的主导因素之一。安徒生童话 20 世纪之初即已传入中国。1913 年周作人说：安徒生"以小儿之目观察万物，而以诗人之笔写之，故美妙自然，可称神品，真前无古人，后无来者也"！（《丹麦诗人安兑尔然传》）1919 年《新青年》6 卷 1 号发表了《卖火柴的女儿》，1925 年《小说月报》出版了两期安徒生专号，一是纪念他诞生 125 年，一是纪念他逝世 50 周年。当时翻译的安徒生作品已有 43 种 68 篇。

安徒生的一篇童话感人至深，至今仍在我心里：一颗小豌豆不像强壮的同伴，飞不进高楼大厦，只落在一户人家门前的石头缝里，他开出了一朵美丽的粉红色小花。这户人家有一个生病的小女孩，她天天看着它，得到了很大的安慰，粉红色小花因为带了病女孩快乐，感到非常骄傲。在这一瞬间他们彼此都完成了生命的意义，得到了快乐。

袁枚有诗说："苔花虽然小，也学牡丹开。"如米小的苔花，浅黄色，并不美丽。但她也会像牡丹一样灿烂开放，在一瞬间完成了生命的意义。再弱小的生物都会有自己生命灿烂的一瞬。

鲁迅说：我记得有一种开过的极细小的粉红花，她在冷的夜气中，瑟缩地做梦，梦见春的到来，梦见秋的到来，梦见瘦的诗人将眼泪擦在她最末的花瓣上，告诉她秋虽然来，冬虽然来，而此后接着还是春，蝴蝶乱飞，蜜蜂都唱起春词来了。她于是一笑，虽然颜色冻得红惨惨的，仍然瑟缩着。

一位英国诗人也说过，苔藓石旁的一支紫罗兰，半藏着没被人看见。美丽得如同天上的星点，一颗唯一的星，清辉闪闪。她生无人知，死无人唁，不知她何时离去了人间。不为人知，不被人见，但仍然完成了自己灿烂的生命瞬间。

这些诗文都曾深深感动过我，构成我灵魂闪光的一瞬。今天，我们常常说人文素质。我认为人文素质不同于一般所说的人的基本素质。人文素质专指古今中外人类文明所创造的一切美好事物对人的熏陶和感染，你接受它们、欣赏它们，将它们引入你的生命，融进你的言谈举止，成为你之所以是你的一部分，造就你的风格和气质。正如孟子所说："仁义礼智根于心，其生色也睟然，见于面，盎于背，施于四体，四体不言而喻。"（《尽心上》）如果你的内心是丰富而美好的，这丰富和美好就会形于色，使你自然显出你所特有的纯粹和光彩。具体说来，人文素质是后天的，包括人对生活的看法，人内心的道德修养，以及由此而生的行为准则，它表现于人们的言谈举止，于不知不觉之间流露于你的眼神、表情和姿态，甚至从背后看去也能充沛显现。人类数千年来创造的精神文明，包括神话传说、道德传承，艺术、诗歌、小说等等，就是培养这种人文素质取之不尽、用之不竭的源泉。如果你与这一切绝缘，你的一生就只能是无根之木，无源之水。

现在的年轻人往往说"我就是我""我只愿意做我自己"，但却很少问，这个我，这个自己从哪里来：是原始即有的吗？其实，我们从小到大都在不断接受人文素质的培养，在我们逐渐学会听、说、读、写的过程中，听和读培养了我们认识世界的能力，使我们从一个自然人成长为一个文化人，说和写培养我们表达自己的能力，从一个个体的人成长为一个社会的人。在这个过程中，人类创造的物质财富和精神财富都会留下自己的烙印，而文学无疑起着不可估量的作用。巴金说："我们有一个丰富的文学宝库，那就是多少代作家留下的杰作。它们教育我们，鼓励我们，要我们变得更好，更纯洁，更善良，对别人更有用。文学的目的就是要使人变得更好。"安徒生童话就是使人变得更好的不朽杰作。

美丽的巫山神女和山鬼

十八岁那年，我终于决定去四川重庆投考群山之外的大学。那时，贵阳还没有通向外省的铁路，我没有钱买正式车票，只能搭一辆运货的大卡车。车厢里装满了货物，只有我一个人颠簸在货物箱的缝隙之中，周围是险峻的群山，我只觉得那些大箱子和夹道耸立的黑黝黝的山峰势不可当地向我扑来。这些山完全不像故乡的山那样亲善温和，它们露出狰狞可怖的面容，第一次使我感到了山的威压。

后来，我终于有机会离开这养育了我十八年的高原山区。从重庆坐江船，沿长江奔流而下，那经验是难忘的。从江上深峡中，远眺苍翠秀丽、云遮雾罩的巫山十二峰，真是令人浮想联翩！巫山多雾，朝云暮雨，变幻莫测，自古就有许多美丽神秘的传说。中国古老的地理书《水经注》曾记载巫山之下是巫峡。长江从巫山流过，首尾160里，"两岸连山，略无缺处；重岩叠嶂，隐天蔽日"，除了正午，看不见太阳。两岸常有"高猿长啸"，声音凄厉，因此有渔歌说："巴东三峡巫峡长，猿鸣三声泪沾裳。"《水经注》还提到，据传说，巫山上有天帝的女儿居住，她的名字叫瑶姬。她未婚早夭，魂灵变成瑶草。这种草的叶子重重叠叠，开着黄色小花。相传女子吃了瑶草的果实就获得一种魅力，使天下男子都爱她。公元前3世纪的著名诗人宋玉曾写过《高唐赋》和《神女赋》，讲巫山神女的故事。作品说，宋玉曾和楚襄王一起来到一个叫作云梦之台的地方，看到瞬间变化无穷的云雾。楚襄王问这是什么，宋玉说，这是朝云。楚襄王问朝云又是什么呢？宋玉就给楚襄王说了神女的故事。他说，过去楚襄王的父亲楚怀王曾游巫山的高唐，梦见一个美丽的少女来看望他，并说自己是"巫山之女，高唐之客"，听说楚王来了，愿意和他相爱永好。经过美好的一夜，少女告别楚王，依依不舍地告诉他，自己住在"巫山之阳，高邱之岨，旦为朝云，暮为行雨，朝朝暮暮，阳台之下"。从梦境回到现实的楚王，看到的只是一片飘然消逝的云。他就命人在巫山上修了一座庙，纪念神女，并将这座庙命名为朝云。楚襄王听了这个故事，对神女无限思慕。这一夜，神女果然来到了他的面前；梦醒后，神女又像云彩一样飘逝。楚襄王十分惆怅。但再也无缘与神女一见。后来，朝云暮雨、巫山神女、高唐、阳台，就都成了男女间发生性关系的美丽的隐喻。

关于巫山神女，还有另一个故事谈到她与治水英雄大禹的恋情。这个传说记载大禹治水时，来到长江上游。当时巫山阻断长江水路，长江泛滥成灾，民不聊生。住在巫山之阳的瑶姬知道大禹会来，就打发侍女给他送去一本能召唤鬼神的书，并派了几位大神帮助大禹打通了巫山，使长江的水顺利流过。瑶姬做这件事，违背了天帝的意志，当大禹功成去探望瑶姬时，她和她的侍女们已被天帝变成十二座山峰，这就是我在巫峡船上仰望的巫山十二峰，其中最美丽、最奇峭的一座，就是瑶姬的化身。

与巫山神女相联系的还有一个更美丽、更幽怨、更多情的形象，那就是屈原（约前340—约前278）笔下的山鬼。《山鬼》这首诗一开始就写一位美丽的少女出现在山的幽深处，她用藤萝一类的花草当作衣裳和腰带，美目含情，露出一副可爱的笑容。她乘坐的是辛夷木做的车，还装饰着用芳香的桂花编织成的旗。拉车的是赤豹，跟随的是文狸。她一路用石兰等野花把自己打扮得更美丽。她一边走，一边采摘着芳草，她正要去赴一次约会，她要将芳草送给她心爱的人。然而，这却是一次未实现的悲伤的约会。她的情人也许已经走了，也许根本没有来！她只能站立在"山之上"，独自等待，一直等到云升雾起，风起雨落，猿声夜啼，黑夜来临。她空叹着岁月之易逝，惆怅忘归。她始终站在松柏之下，渴饮山泉之水，等待情人，疑虑丛生。按照中国的传说，人，如果是不该死而死，阴魂不散，就会凝而为鬼[1]。在我的心目中，山鬼一定是一个爱情失意，而又始终期待着爱情的少女的幽魂，《山鬼》一诗把这个美丽的少女形象凝固了，她一直孤独地站在群山之巅，越过两千多年的风雨，来到我们心中。她始终是我最心爱的中国文学所塑造的美丽形象中的一个。

1　考据见张元勋著：《九歌十辨》，中国广播电视出版社，1991。

别了故乡，别了山城

　　我在国立第十四中的许多朋友，抗战胜利后，都纷纷回到下江，有的在北京，有的在南京，有的在上海。高中三年级时，我已下决心，一定要离开这群山封闭的高原之城。我一个人搭便车到重庆参加了高考。这是一辆运货的大卡车，我坐在许多木箱之间颠簸，穿行在云雾和峭壁之间。久已闻名的什么七十二拐、吊尸岩等名目吓得我一路心惊胆战。好不容易来到了重庆沙坪坝原中央大学旧址，西南地区的考场就设在这里。大学生们早已放假回家。我们白天顶着三十八点九摄氏度的高温考试，晚上躺在空荡荡的宿舍里喂早已饿扁了的臭虫。那时是各大学分别招生，我用了二十天参加了三所大学的入学考试。回贵阳后，得知我的中学已决定保送我免试进入北京师范大学，不久，北京大学、中央大学、中央政治大学的录取通知也陆续寄到。我当然是欢天喜地，家里却掀起了一场风波。父亲坚决反对我北上，理由是北京眼看就要被共产党围城，兵荒马乱，一个十七岁的女孩子出去乱闯，无异于跳进火坑。他坚持我必须待在家里，要上学就上家门口的贵州大学。经过多次争吵、恳求，直到以死相威胁，父亲终于同意我离开山城，但只能到南京去上中央大学。他认为共产党顶多能占领长江以北，中国的局面最多就是南北分治，在南京可以召之即回。我的意愿却是立即奔赴北京。母亲支持了我，我想这一方面是由于她的个性使她愿意支持我出去独闯天下；另一方面，她也希望我能在北方找回她失踪多年的姐姐。二十年前，她曾卖尽家产，供姐姐北上念书，当时有约，五年后，姐姐工作，再援引两个妹妹出去念书。谁知一去二十年，音信杳无，也不知是死是活。我们对父亲只说是去南京，母亲却给了我十个银圆，默许我到武汉后改道北京。

我当时只是一心一意要北上参加革命。其实，我并不知革命为何物，我只是痛恨那些官府衙门。记得我还是一个初中学生时，父亲就让我每年去官府替他交房捐地税。因为他自己最怕做这件事。我当时什么都不懂，常常迷失在那些数不清的办公桌和根本弄不懂的复杂程序中，被那些高高在上的官儿们呼来喝去，以致失魂落魄。父亲还常安慰我，说就像去动物园，狮子老虎对你乱吼，你总不能也报之以乱吼吧。对于每年必行的这种"逛动物园"，我真是又怕又恨，从小对官僚深恶痛绝。加之，抗战胜利后，我的一个表哥从西南联大回来，带来他的一帮同学，他们对我们一群中学生非常有吸引力。我们听他们讲闻一多如何痛斥反动政权，如何与李公朴一起被暗杀，哀悼的场面是如何悲壮，学生运动如何红火。我们听得目瞪口呆，只觉得自己过去原来不是个白痴也是个傻瓜，简直是白活了。其实，现在想来，他们也难免有夸张之处，例如我的表哥说他曾扛着一条炸断的人腿，到处跑着去找寻腿的主人。这显然不太可能，但当时我们却什么都深信不疑，并坚定地认为，国民党统治暗无天日，不打垮国民党，是无天理，而投奔共产党闹革命，则是多么正义，多么英勇，又浪漫，又新奇，又神秘。

当时贵阳尚无铁路，必须到柳州才能坐上火车。我一个人，提了一只小皮箱上路，第一天就住在"世界第一大厕所"金城江。抗战时期由于经过这里逃难的人太多，又根本没有厕所，只好人人随地大小便，到处臭气熏天。战后两年，情况也并不好转。我找了一家便宜旅馆，最深的印象是斑斑点点、又脏又黑的蚊帐和发臭的枕头，以及左隔壁男人们赌钱的呼幺喝六，和右隔壁男人们震耳欲聋的鼾声。我心里倒也坦然，好像也没有想到害怕，只是一心梦想着我所向往的光明。

我终于来到武汉，找到北京大学北上学生接待站。领队是武汉大学物理系一年级学生，他也是为了革命，自愿转到北大历史系一年级，再作新生。我们从武汉坐江船到上海，转乘海船到天津。一路上，领队教我们大唱解放区歌曲。当然不是大家一起学，而是通过个别传授的方式。也许由于我学歌比较快，他总是喜欢先教我，我们再分别去教别人。三天内，他会唱的几首歌，大家也都会唱了。最爱唱的当然是"山那边呀好地方，一片稻麦黄又黄……年年不会闹饥荒"，以及"你是灯塔，照亮着黎明前的海洋……"当北大学生打着大旗，到前门车站来接我们时，我们竟在大卡车上，高唱起这些在内地绝对违禁的歌曲来！我感动极了，眼看着古老的城楼，红墙碧瓦，唱着有可能导致被抓去杀头的禁歌，觉得是来到了一个在梦中见过多次的自由的城！

当时，北大文法学院一年级学生都集中在国会街四院。院址就是北洋军阀曹锟的官邸。官邸紧靠城墙根，范围极大，能容纳二百余人学习和生活。大礼堂，正是当年曹锟贿选的地方。我们白天正规上课，晚上参加各种革命活动。我参加了一个学生自己组织的，以读艾思奇的《大众哲学》为中心的读书会。我的最基本的马克思主义观念就是在这里获得的。当时，我认为矛盾斗争、普遍联系、质量互变、否定之否定、经济基础决定上层建筑等等都是绝对真理，并很以自己会用这些莫测高深的词句而傲视他人。读书会每周聚会两次，大家都非常严肃认真地进行准备和讨论。我还参加了两周一次的俄语夜校，由一个不知道是哪儿来的白俄授课。后来，在那些只能学俄语，不能学英语的日子，当大家都被俄语的复杂语法和奇怪发音弄得焦头烂额时，我却独能轻而易举地考高分，就是此时打下了基础。

我喜欢念书，但更惦记着革命。1948年秋天，正值学生运动低谷，"反饥饿，反迫害"的高潮已经过去，国民党正在搜捕革命学生，一些领导学生运动的头面人物正在向解放区撤退，学生运动群龙无首，1949年1月以前，我们都还能安安静静地念书，只搞过一次"要生存，要活命"的小规模请愿。我跟着大家，拿着小旗，从四院步行到沙滩校本部去向胡适校长请愿。那时，校本部设在一个被称为"松公府"的四合院中。我们在子民堂前秩序很好地排好队，胡适校长穿着一件黑色的大棉长袍，站在台阶上接见了我们。他很和气，面带忧伤。我已忘记他讲了什么，只记得他无可奈何的神情。这次请愿的结果是：凡没有公费的学生都有了公费，凡申请冬衣的人都得到了一件黑色棉大衣。这件棉大衣我一直穿到大学毕业。

1月解放军围城，我们开始十分忙碌起来。随着物价高涨，学生自治会办起了面粉银行，同学都将手中不多的钱买成面粉存在银行里，以防长期围城没有饭吃。记得我当时早已身无分文，母亲非常担心，也不知道她通过什么门路，在贵阳找到一个卖肉老板，他在北京也有分店。母亲在贵阳付给这位老板60斤猪肉的钱，他的分店就付给我值同样多斤猪肉的钱。这可真救了我的急，使得在面粉银行中也有两袋属于我的面粉。我们又组织起来巡逻护校，分头去劝说老师们相信共产党，不要去台湾。我的劝说对象就是沈从文先生。我和一位男同学到他家，我最深刻的印象就是他的妻子非常美丽，家庭气氛柔和而温馨，他平静而不置可否地倾听了我们的劝说。我当时的确是满腔热情，对未来充满信心，但对于已有30年代经验的他来说，大概一定会觉得幼稚而空洞吧。后来，胡适派来的飞机就停在东单广场上，他和许多名教授一样，留了下来。也许是出于对这一片土地的热爱，也许是和大家一样对他那宁静的小家的眷恋，也许是出于对未来估计得过于乐观；总之他留了下来，历尽苦难。

这时，我又参加了北大剧艺社和民舞社，全身心地投入了我从未接触过的革命文艺。我一夜一夜不睡觉，通宵达旦地看《静静的顿河》《钢铁是怎样炼成的》《母亲》，还有马雅可夫斯基的诗。我们剧艺社排演了苏联独幕剧《第四十一》。我担任的职务是后台提词。那位红军女战士在革命与爱情之间痛苦挣扎，最后不得不亲手开枪打死她最心爱的蓝眼睛——敌军军官；每次排练至此，我都会被感动得热泪盈眶。民舞社每周两次，由总校派来一位老同学教我们学跳新疆舞。

这些美丽的歌舞与隐约可闻的围城隆隆炮声，和周围紧张的战斗气氛是多么地不协调，但它们在我心中却非常自然地融为一体。我白天如痴如醉地唱歌跳舞，晚上到楼顶去站岗护校或校对革命宣传品。那时北大的印刷厂就在四院近邻，深夜，革命工人加班印秘密文件和传单，我们就负责校对，有时在印刷厂，有时在月光下。我印象最深的是校对一本小册子，封面用周作人的《秉烛谈》作伪装掩护，扉页上醒目地写着："大江流日夜，中国人民的血日夜在流！"这是一个被国民党通缉的北大学生到解放区后的所见所闻，称得上情文并茂，感人至深。1949 年 1 月 29 日中国人民解放军辉煌地进入北京城，我的生活也翻开了全新的一页。

新社会给我的第一印象就是延安文工团带来的革命文艺。谈情说爱的新疆歌舞顿时销声匿迹，代之而起的是响彻云霄的西北秧歌锣鼓和震耳欲聋的雄壮腰鼓。文工团派人到我们学校来辅导，并组织了小分队。我们大体学会之后，就到大街上去演出。有时腰上系一块红绸扭秧歌，有时背着系红绳的腰鼓，把鼓点敲得震天价响。市民们有的报以微笑和掌声，有的则透着敌意和冷漠。我们却个个得意非凡，都自以为是宣告旧社会垮台，新社会来临的天使和英雄。延安文工团来四院演出《白毛女》的那天，曾经是军阀曹锟贿选的圆柱礼堂（当时称"圆楼"）里外三层，挤得水泄不通。我们真是从心眼儿里相信"旧社会把人变成鬼，新社会把鬼变成人"。用自己的劳动养活全人类，却被压在社会最底层的善良农民如今"翻身做了主人"，还有什么比这更伟大、更神圣呢？

　　我们1948级，原有二十七名学生。还在四院时，就有很多同学参加了解放军，"护校运动"后，又有一些人参加了"南下工作团"。迁入总校时，我们班实际只剩下五个同学。好在学校面目一新，课程也完全不同了。

我的选择，我的怀念

　　生活的道路有千百种可能，转化为现实的，却只是其中之一。转化的关键就是选择。

　　1948 年，我同时考上了北大和后来迁往台湾的中央大学、中央政治大学，还有提供膳宿的北京师范大学。我选择了北大，只身从偏僻遥远的山城，来到烽烟滚滚的北方。其实，也不全是只身，在武汉，北京大学学生自治会委托从武汉大学物理系转入北大历史系的程贤策同志组织我们北上，他是我第一个接触到的，与我过去的山村伙伴全然不同的新人。他对未来充满自信，活泼开朗，出口就是笑话，以至得了"牛皮"的美称。在船上，他一有机会就有意无意地哼起《解放区的天》，直到我们大家都听熟、学会。

　　尽管特务横行，北京大学仍是革命者的天下。我们在校园里可以肆无忌惮地高歌："你是灯塔""兄弟们向太阳，向自由"，甚至还演唱"啊，延安……"北大剧艺社、大地合唱团、舞蹈社、读书会全是革命者的摇篮。我很快就投入了党的地下工作。我和我的领导人（单线联系）常在深夜月光下借一支电筒的微光校对新出版的革命宣传品（我们新生居住的北大四院就在印刷厂所在地五院近邻，工人们常深夜偷印）。那些描写解放区新生活、论述革命知识分子道路的激昂文字常常使我激动得彻夜难眠。记得当时最令我感动的就是那本封面伪装成周作人的《秉烛谈》的《大江流日夜——中国人民的血日夜在流》。很多年以后，我才知道这本激励过千百万青年人的名篇的作者，原来就是后来的北大党委宣传部长王孝庭同志。那时，我们还绘制过需要在围城炮击中注意保护的文物和外交住宅的方位略图，又到我的老师沈从文先生家里访问，希望他们继续留在北京。值得骄傲的是尽管胡适把全家赴台湾的机票送到好几位教授手中，飞机就停在东单广场，然而北大却没有几个教授跟国民党走。

20 世纪 50 年代初期，曾经有过那样辉煌的日子，到处是鲜花、阳光、青春、理想和自信！当新中国成立后第一个五四青年节，我和另一位同学抱着鲜花跑上天安门城楼向检阅全市青年的少奇同志献上的时候，当民主广场燃起熊熊篝火全体学生狂热地欢歌起舞的时候，当年轻的钱正英同志带着治淮前线的风尘向全校同学畅谈治理淮河的理想时，当纺织女工郝建秀第一次来北大讲述她改造纺织程序的雄心壮志时，当彭真市长半夜召见基层学生干部研究北大政治课如何改进，并请我们一起吃夜宵时……我们只看到一片金色的未来。那时，胡启立同志曾是我们共青团的团委书记，我也在团委工作，他的温和、亲切，首先倾听别人意见的工作作风总是使我为自己的轻率暴躁深感愧疚……啊，多么令人怀恋，那纯净清澈、透明的、真正的同志关系！

我有幸作为北大学生代表，又代表全北京市学生参加了在布拉格召开的第二届世界学生代表大会。在横贯西伯利业的火车上，我认识了北大的传奇人物，北大学生自治会主席，"反饥饿、反迫害"的急先锋，通缉黑名单上的首犯柯在铄同志。如今，在全国学生代表团中，他是我们的秘书长。和他在一起，简直像生活在童话世界。黄昏时分，我们到达莫斯科。团长下令，不许单独行动，不得擅自离开我们下榻的国际饭店。然而就在当晚10点，老柯和我就偷偷下楼，溜进了就在附近的红场。我们哪里按捺得住？况且如老柯所说，两个人就不算单独，有秘书长还能说擅自？我们在红场上迅跑，一口气跑到列宁墓。我们在列宁墓前屏住呼吸，说不出一句话，只感到灵魂的飞升。后来，我们当然挨了批评，但是心甘情愿。会议结束时，我曾被征询是否愿意留在布拉格，参加全国学联驻外办事处工作，当时办事处主任就是后来曾经担任国务委员兼外交部长的吴学谦同志。他说，留下来，将来可以上莫斯科大学。我考虑再三，最后还是选择了随团返回北大。

后来……后来就是一连串痛苦而惶惑的岁月，谁也说不清是怎么回事。记得在北大文化大革命最狂热的日子，红卫兵突然宣布大叛徒、大特务程贤策自绝于党和人民，永远开除党籍。批判会一直开到天黑，回家路上，走到大饭厅前那根旗杆下面（现已移往西校门附近），一颗震骇而空虚的心实在无法再拖动沉重的双腿，我陡然瘫坐在旗杆的基石上。是的，这就是那根旗杆，1952 年我们全体应届毕业生用第一次工资，各捐 5 角钱，合力献给母校的纪念。当时人们还是如此罗曼蒂克，他们要为母校献上这一根旗杆，以便北大从红楼迁到燕园时，新校园的第一面五星红旗将从这根旗杆上高高升起。我们又不愿用父母的钱，而要用每个同学第一次劳动所得的五角钱来完成这一伟业。留校的我担任了总征集人。那个夏天，我收到了许许多多五角钱的汇款单。尽管邮局同志老向我不耐烦地瞪眼，我还是在蒋荫恩总务长的支持下建成了这根旗杆！那时程贤策是文学院党支部书记，我还清楚地记得他曾笑眯眯地警告过我：“你这个口袋里有多少钱都数不清的人哪，可要记好账，当心人告你贪污。”后来我成了极右派，在东斋堂村被监督劳动时，程贤策作为中文系党总支书记曾到当地慰问下放干部，那时，横亘在我们之间的，已是敌我界限。白天，他看也没有看我一眼。夜晚，是一个月明之夜，我独自挑着水桶到井台打水，我当时一个人住在一个老贫农家，夜里就和老两口睡在一个炕上。白天收工带一篮猪草，晚上回家挑满水缸已成了我的生活习惯。我把很长很长的井绳勾上水桶放进很深很深的水井，突然看见程贤策向我走来。他什么也没有讲，只有满脸的同情和忧郁。我沉默着打完两桶水。他看看前方好像是对井绳说：“也难得这样的机会，可以这样长期深入地和老百姓在一起。”过一会儿，他又说：“党会理解一切！”迎着月光，我看见他湿润的眼睛。我挑起水桶，扭头就走，唯恐他看见我夺眶而出的热泪。我最后一次看见他，就是文化大革命中，他自杀的前一天。那个黄昏我去买酱油，看见他买了一瓶很好的烈酒。我在心里默默为他祝福："喝吧，如果酒能令你暂时忘记这不可理解的、屈辱的世界。"后来，人们说他就是这样一手拿着酒，一手拿着敌敌畏，走向香山深处。程贤策就这样在"大特务、大叛徒，自绝于人民"的群众吼声中离开了这个他无法理解的动乱的世界。我当时的心情唯能表现于中文系优秀的学生女诗人林昭平反追悼会上的一副对联。这副对联没有字，上联是一个触目惊心的问号，下联是一个震撼灵魂的惊叹符！17岁的林昭，她为坚持真理，被划为右派，又不肯悔改，在多年监禁后终于因"恶攻罪"而被枪毙。枪毙后，还向她母亲索取了七分钱的子弹费。

距此十年前，新中国成立后北大中文系的第一个研究生，钟敬文教授最器重的弟子朱家玉早就因不愿忍受成为"右派"的屈辱，深夜自沉于渤海湾；我的老师，著名诗人，宽厚善良的废名先生双目失明于北国长春，传说因无人送饭而饿死于文化大革命……林昭、朱家玉、程贤策、废名……这些时刻萦绕于我心间的美丽之魂。他们都是北大抚育出来的优秀儿女，北大的精英，如果他们能活到今天……

六十年就这样过去了。我在北大（包括门头沟劳动基地、北大鲤鱼洲分校）当过猪倌、伙夫、赶驴人、打砖手，最后又回到学术岗位。80年代以来，我曾访问过美国、加拿大、澳大利亚，还去过非洲、南美和欧洲。我确确实实有机会长期留在国外，然而，再一次，我选择了北大。我属于这个地方，这里有我的梦，我的青春，我的师友。在国外，我总是对这一切梦绕魂牵。我必须回到这里，正如自由的鱼儿总要回到赋予它生命的源头。我只能从这里再出发，再向前。

1948—2008 年，六十年北大生涯。生者和死者，光荣和卑劣，骄傲和耻辱，欢乐和喜，痛苦和泪，生命和血……六十年一个生命的循环，和北大朝夕相处，亲历了北大的沧海桑田，对于那曾经塑造我、育我成人，也塑造培育了千千万万北大儿女的北大精神，那宽广的、自由的、生生不息的深层质素，我参透了吗？领悟了吗？我不敢肯定，我唯一敢肯定的是在那生活转折的各个关头，纵然再活千遍万遍，我的选择还是只有一个——北大。

人生变奏

1952年毕业留校工作，是幸运还是不幸？北京大学成了最敏感的政治风标，一切冲突都首先在这里尖端放电。总之是阶级斗争不断：批判《武训传》，批判俞平伯，批判胡适，镇压反革命，镇压胡风集团，接着又是肃清反革命……记得1955年夏，我头脑里那根阶级斗争的弦实在绷得太紧，眼看就要崩溃了。我不顾一切，在未请准假的情况下，私自回到贵阳老家。再见花溪的绿水青山，我好像又重新为人，不再只是一个政治动物。父母非常看重我的"衣锦荣归"，总希望带我到亲戚朋友家里去炫耀一番。可是我身心疲惫，我太厌倦了，只好拂父母一片美意，成天徜徉于山水之间，纵情沉迷于儿时的回忆。

逍遥十天之后，一回校就受到了批判，罪名是在阶级斗争的关键时刻，临阵脱逃。从此，领导不再让我去做什么重要的政治工作，校刊主编的工作也被撤了职。我并不沮丧，倒十分乐于有时间再来念书。恰好1956年是全民振奋，向科学进军的一年。我竭尽全力教好我的第一次高班课——大学四年级的中国现代文学史。大学毕业后，我就选定现代文学作我的研究方向，我喜欢这门风云变幻，富于活力和挑战性的学科。我的老师王瑶曾劝告过我，不如去念古典文学，研究那些死人写的东西。至少他对你的分析不会跳起来说：不对，我不是那样想的。研究现代文学可难了，如果你想公平、正直地评述，活着的作者，或已去世的作者的家人或朋友，就会站起来为维护作家的声誉而说东道西。这是老师的肺腑之言，但我却没有听从老师的话，仍然选择了现代文学学科，作为我安身立命的起点。1956年，是我在教学、研究方面都大有收获的一年，我研究鲁迅、茅盾、郭沫若、曹禺，极力想法突破当时盛行的思想内容加人物性格，不切实际地追索思想意义、教育意义、认识意义的研究模式。我的长文《现代中国小说发展的一个轮廓》在当时发行量最大的文艺杂志《文艺学习》上多期连载。我自以为终于走上了正轨，开始了自己的学术生涯。当时，在刘少奇和周恩来的关注下，学校当局提倡读书，我还当选了"向科学进军"的模范、"读书标兵"。这年春天，毛泽东提出了"百家争鸣、百花齐放"的方针，知识分子更是为此激动不已。

1952年，我是中文系最年轻的助教，是新中国成立后共产党培养起来的第一代"新型知识分子"。我也以此自豪，决心做出一番事业。到了1957年，中文系陆续留下的青年教师已近二十名，我所在的文学教研室也有整十名。当时人文科学杂志很少，许多杂志又只发表学已有成的老先生的文章，年轻人的文章很少有机会发表。我们几个人一合计，决定在中文系办一个中型学术杂志，专门发表年轻人的文章。我们开了两次会，商定了两期刊物准备用的文章，并拟定了文章标题；大家都非常激动，以为就要有了自己的刊物。后来又在刊物名称上讨论了很久，有的说叫"八仙过海"，取其并无指导思想，只重"各显其能"之意；有的说叫"当代英雄"，当时，俄国作家莱蒙托夫创造的那个才气横溢却不被社会所赏识的"当代英雄"别却林在大学年轻人中正风靡一时。会后，大家分头向教授们募捐，筹集经费。这时，已是 1957 年 5 月。我的老师王瑶先生是一个绝顶聪明而又善观形势的人，他警告我们立即停办。我们还莫名其妙，以为先生不免小题大做，对共产党太不信任。

然而，历史自有它的诡计，这一场千古大手笔的阳谋伤透了中国知识分子的心，使他们的幻想从此绝灭。我们参加办刊物的八个人无一幸免，全部成了右派。因为，图谋办"同仁刊物"本身就是想摆脱党的领导，想摆脱领导，就是反党。况且，我们设计的刊物选题中还有两篇大逆不道的东西：一篇是《对延安文艺座谈会上讲话的再探讨》，拟对文艺为政治服务，思想性第一、艺术性第二等问题提出一些自己的看法。作者是研究生党支部书记，导师是著名的共产党员教授杨晦同志。但按反右的逻辑，他还是反党，反毛泽东思想，有"恶毒攻击"的罪行。第二是一篇小说，标题是《司令员的堕落》，作者是一位十六岁就给将军当勤务员的部队来的学生，他从《人民日报》派到中文系来进修，当时担任进修教师党支部书记。这位伺候了将军半辈子的勤务员，很想写出这位将军一步步堕落的过程，以资他人借鉴。按反右逻辑，这就是诬蔑我党我军，"狼子野心，何其毒也"。就这样，新中国成立后文学教研室留下的十名新人，九个成了右派。右派者，敌人也，非人也。一句话，只配享受非人的待遇。尤其是我，不知怎么，一来二去竟成了右派头目，被戴上"极右派"的帽子，开除公职，开除党籍，每月十六元生活费，下乡接受监督劳动。

在北京远郊门头沟的崇山峻岭中，我们从山里把石头背下来，修水库，垒猪圈，我竭尽全力工作，竟在劳动中感到一种焕发，除了专注于如何不要滑倒，不要让石头从肩上滚下来，大脑可以什么也不想。累得半死，回住处倒头一睡，千头万绪，化为一梦。我越来越感到和体力劳动亲近，对脑力劳动逐渐产生了一种憎恶和厌倦，尤其是和农民在一起的时候。这几年，正值全国范围内发生无边无际的大饥饿，我们每天吃的东西只有杏树叶、榆树叶，加上一点玉米渣和玉米芯磨成的粉。后来，许多人得了浮肿病，我却很健康。我想，这一方面是因为他们不会享受那种劳动小憩时的舒心和甜美，另一方面也是得益于我是女性。男右派很多，他们只能群居在一间又阴又黑的农民存放工具的冷房里；而女右派只有我一人，既不能男女杂居，就只好恩准我去和老百姓同住。他们替我挑了一家最可靠的老贫农翻身户，老大爷半辈子给地主赶牲口，五十多岁分了地主的房地、浮财，才有可能娶一个老大娘过日子。遗憾的是老贫农却划不清界限，娶了一个富农的寡妇。老两口都十分善良，竟把我当亲女儿般看待，我也深深爱上了这两个受苦的人。老大爷给生产队放羊，每天在深山里转悠，山上到处都有核桃树，树上常有成群松鼠。老人常在松鼠的巢穴中掏出几个核桃，有时也捡回几粒漏收的花生、半截白薯、一棵玉米。隔不几天，我们就可以在一起享受一次这些难得的珍品。老大娘还养了三只鸡，除了应卖的销售定额，总还有剩余，让我们一个月来上一两次鸡蛋宴，一人吃三个鸡蛋。

由于我不认罪，我不知道有什么罪，因此我迟迟不能摘掉右派帽子，也不准假回家探亲，虽然我非常非常想念我的刚满周岁的小儿子。直到1961年初，大跃进的劲头已过，饥饿逐渐缓解，水库被证明根本蓄不了水，猪回到了各家各户，集体猪圈也白修了，农村一下子轻松下来。我也被分配了较轻松的工作，为下放干部养猪，准备过年。我赶着四只小猪漫山遍野寻食，村子里本来没有养猪的粮食，加以领导者意在创造一个奇迹，不用粮食也能把猪养肥。从此，我每天日出而作，日入而息。一早赶着小猪，迎着太阳，往核桃树成林的深山里走去。我喜欢这种与大自然十分贴近的一个人的孤寂，然而，在这种情形下，不思考可就很难做到了。思前想后，考虑得最多的就是对知识分子的生活着实厌恶了。特别是那些为保自己而对他人的出卖，那些加油加醋、居心叵测的揭发……我为自己策划着未来的生活，以为最好是找一个地方隐居，从事体力劳动，自食其力。然而没有粮票，没有户口，到哪里去隐居呢？寺庙、教堂早已破败，连当出家人也无处可去。人的生活各种各样，我从来没有像现在这样深入了解过农民的生活。他们虽然贫苦，但容易满足。他们像大自然中的树，叶长叶落，最后还是返回自然，落叶归根。我又何必一定要执着于过去的生活，或者说过去为将来设计的生活呢？转念一想，难道我真能主宰自己的生活吗？在中国，谁又能逃脱"螺丝钉"的命运？还不是把你摁到哪里就是哪里。想来想去，还是中国传统文化帮了忙：随遇而安，自得其乐。我似乎想明白了，倒也心安理得，每天赶着小猪，或引吭高歌，长啸于山林，或低吟浅唱，练英语，背单词于田野。

常有人感到奇怪，"朝为座上客，暮为阶下囚"的剧烈变化竟然没有引起我性格上的根本转变，我从不颓废，没想过自杀，从未对未来完全失去信心，也从未想过我赖以为生的老伴和家庭会离我而去。我想那支撑我坚守的原因就是一直滋养我的，来自中西文化的生活原则，道德追求，特别是中国文化中的随遇而安，"穷则独善其身，达则兼济天下"的教导吧。

复仇与记忆

　　复仇是一种记忆，延续到后代，塑造着未来。仇恨不断延续，不管是在今天的巴勒斯坦也好、阿富汗也好，这种血仇如何才能得到真正的化解，恐怕是当今人类一个很大的难题。中国文化中，有复仇的传统。如眉间尺和雌雄剑的故事。鲁迅的《故事新编·铸剑》就是根据这个故事改写的。原作见于《列异传》（相传为曹丕所写）和东晋干宝的《搜神记》。故事写的是杰出工匠干将和妻子莫邪铸造了雌雄二剑。楚王得了雌剑，为避免其绝代工艺为他人所用，杀了干将。干将将雄剑埋于南山之阴，留待儿子长成为父报仇。16年后，儿子眉间尺实现了这一宿命。其实他并未见过父亲，但他整个一生都注定了必须为报父仇而生存，最后献出自己的生命。一个16岁的孩子怎么能见国王呢？于是就有一个黑衣人来帮助他，条件是要用孩子的头和雄剑作为诱饵，骗取楚王的信任。眉间尺英勇自刎，他的头颅随黑衣人进入王宫，在一个金色大鼎中，翻滚作团圆舞。黑衣人趁楚王就近观看时，将王头亦斩入鼎中。眉间尺的头颅与楚王头撕咬翻滚，却不能取胜。黑衣人为帮助眉间尺，将自己的头也割下，投入鼎中。最后三个人的头颅都在这个大油锅里沸腾，翻滚作团圆舞（这团圆舞分明包含着深刻的讽喻），终于全都变成了白色的骷髅。骷髅是无法分辨出哪个是国王，哪个是复仇者的。分辨不出，怎么能按身份埋葬呢？于是，只好将三个骷髅头埋在一起，都成了王，称为"三王冢"——复仇者和被复仇者难以分辨，合为一体。短暂的复仇与永恒的死亡相比，人世间极为重要的价值与生命的消亡相比，意义何在呢？我觉得鲁迅写这个故事很有深意，充满了反讽和象征的意味。《罗密欧与朱丽叶》的故事也是一样，家族仇恨的记忆毁灭了美好的生命和爱情。

古今中外很多文学作品对于复仇都是很执着的。金庸晚期的武侠小说对此有很多思考，甚至提出有时是不想复仇而不可得（如电影《卧虎藏龙》）。但是，"仇必仇到底"，什么是到底呢？张载在《正蒙注·卷一》中说："有反斯有仇，仇必和而解。"民间也常有"一笑泯恩仇"等说法。冯友兰在《中国现代哲学史》中认为，"仇必和而解"是现代社会历史发展的方向，人类不应再走"仇必仇到底"的道路。也就是不要把仇恨老记住，冤冤相报，永无已时，而是要找到一个解决的办法。今天处理人类关系，复仇是一个很重要的问题，但很复杂，往往是既不能永远仇杀，又不能真正和解。

重要的是在讨论复仇时，还要区分复仇的类别，有正义的复仇，有不一定正义的复仇（私仇），还有假公济私的公报私仇等。因此，当有人问孔子"以德报怨，何如"时，孔子说："以直抱怨，以德报德。"（《宪问》）什么是"以直抱怨"？《论语正义》解释说，"抱怨之道，宜以直也"。而"凡直之道非一，视吾心何如耳"。作者分析了三种情况。第一种情况是：如果"吾心不能忘怨，报之以直也。既报则可以忘矣"，也就是说，如果耿耿于怀，不能忘记，那就公平正直地加以报复，然后即可忘怀。第二种情况是："苟能忘怨而不报之，亦直也，虽不报，固非有所匿"。意思是说：如真能忘记怨恨而不报复，不是故意藏得更深，那也是直。第三种情况是："其心不能忘怨，而以理胜之者，亦直，以其心之能自胜者"。如果心中的怨恨无法忘怀，但能以道理说服自己的心，不再怨恨，这也是直。总之，"怨期于忘之，德期于不忘"，"以直抱怨"就是要以正当的方法，清除人心中的积怨，而使德能充溢于心。《论语正义》说："直之反，为伪。必若教人以德报怨，是教人使为伪也，乌乎可？"

由此可见，在复仇与记忆的问题上，中国文化强调的是追求和谐宁静的心境，即使复仇，目的也是"求其心之所安"，而不是"仇必仇到底"，因此也没有"忘记过去就是背叛"之类的教训，而是主张设法消除或遗忘某些负面的仇恨，让心灵为德与和谐所充盈。

何时始终，何处来去？

　　"何时始终，何处来去？"这是王国维在《红楼梦评论》中所思考的核心问题，也是当代学者丹尼尔·贝尔提出的"困扰着所有时代、所有地区和所有的人"的原始问题。"从哪里来，到哪里去？何时开始，何时终了？"这个问题，人类世世代代提出，但贝尔认为这是人类永远无法索解的问题，因为提出这个问题的原因是"人类处境的时空有限性以及人类不断渴望认识自己，达到彼岸的理想两者所产生的张力"。人类不可能突破时间和空间的局限，又总是力求超越这种局限，了解宇宙的真谛。人类的处境本来就是"前不见古人，后不见来者"，这宇宙永恒，人生短暂的矛盾始终是他们无法逃脱的宿命，其结果也只能是："念天地之悠悠，独怆然而泣下。"正是这永远无法摆脱的孤独处境和永远无法满足的认知时空的渴望造就了人类千古的悲情。古今中外，无论何人都难于回答这"何时始终，何处来去"的千古谜题。

　　王国维认为，文学对灵魂的叩问，就是要尝试回答这个千百年来激发人类思考，却又无从索解的大问题。《红楼梦》之所以是中国千年未遇的"绝大著作"，就是因为它与这个永恒的问题相应和，提出了对这个问题的深及灵魂的叩问，并寻求解脱。

王国维认为，《红楼梦》一开始，就提出了欲的问题。贾宝玉的来历就是："因见众石俱得补天，独自己无才不得入选，遂自怨自艾，日夜悲哀"，可见人生之痛苦实从欲望而起。王国维说："生之本质为何，欲而已矣。欲之为性无厌，而其原生于不足。不足之状态，苦痛是也……而《红楼梦》一书，实示此生活、此痛苦之由于自造，又示其解脱之道，不可不由自己求之者也。"欲望之不得满足，就是佛教总结的人生八苦中的"求不得苦"。王国维认为，《红楼梦》所写的"求不得苦"可以分为两种。一种是一般人的痛苦，如金钏、司棋、尤三姐、潘又安等人的欲求，他们无非是"求偿其欲而不得"，遂以自刎、堕井、触墙等办法终止了生活。这在王国维看来并不是真正的解脱；真正的解脱应是"知生活与苦痛之不能相离，由是求绝其生活之欲而得解脱之道"。也就是说根本拒绝生活的欲望。王国维说《红楼梦》中，唯"拒绝一切生活之欲"的贾宝玉、惜春、紫鹃三人，才是真正的解脱者，因为只有他们才意识到欲望是一切痛苦之源。而惜春、紫鹃二人又与贾宝玉不同，前者之解脱"存于自己之苦痛。彼之生活之欲因不得其满足而愈烈，又因愈烈而愈不得其满足，如此循环，而陷于失望之境地，遂悟宇宙人生之真相，遽而求其息肩之所（或自杀或出家）。"贾宝玉的解脱与此不同，那是"非常之人，由非常之智力而洞观宇宙人生之本质，始知生活与苦痛之不能相离，由是求绝其生活之欲，而得解脱之道"。贾宝玉的非常之处就在于认识到时空的局限，认识到超越此种局限之不可求，因而不再追求。王国维说正是由于这两种解脱之不同，故"此《红楼梦》之主人公所以非惜春、紫鹃而为贾宝玉者也"。

王国维认为从解脱这一点来说，也可看出《红楼梦》与《桃花扇》等作品在艺术价值上的分野。他说："吾国之文学中，其具厌世解脱之精神者，仅有《桃花扇》与《红楼梦》耳。而《桃花扇》之解脱，非真解脱也……《桃花扇》之解脱，他律的也，而《红楼梦》之解脱，自律的也。且《桃花扇》之作者，但借侯（方域）李（香君）之事，以写故国之戚，而非以描写人生为事。故《桃花扇》，政治的也，国民的也，历史的也；《红楼梦》，哲学的也，宇宙的也，文学的也。此《红楼梦》之所以大背于吾国人之精神，而其价值亦即存乎此。彼《南桃花扇》《红楼复梦》等，正代表吾国人乐天之精神者也。《红楼梦》一书与一切喜剧相反，彻头彻尾之悲剧也。"也就是说《红楼梦》之所以远远超出其他作品，就在于它始终在探求"何时始终，何处来去"这一永恒的问题，而又始终没有找到答案。

自《红楼梦》面世以来，各种评点、题咏、索隐、漫评、考证层出不穷，但都未能企及于王国维的水平。即便是与王国维同时代的先进人物，如林纾，虽认为《红楼梦》乃"中国说部之登峰造极者"，也不过止于赞叹它的"叙人间富贵，感人情盛衰，用笔缜密，著色繁丽，制局精严"而已；侠人赞《红楼梦》说："吾国之小说，莫奇于《红楼梦》"，但给它的定位也只是："可谓之政治小说，可谓之伦理小说，可谓之社会小说，可谓之哲学小说，可谓之道德小说"而已。没有人能像王国维那样将《红楼梦》上升到叩问灵魂，提出追求"何时始终，何处来去"的超越时空的人类普遍问题的高度，从而使《红楼梦》进入顶级的世界性伟大悲剧的行列。

王国维所以能做到这样，正因为如他自己所说，本着"解释宇宙人生问题"之追求："知力人人之所同有，宇宙人生之问题，人人之所不得解也……具有能解释此问题之一部分者，无论其出于本国或出于他国，其偿我知识上之要求而慰我怀疑之苦痛者，则一也"。王国维将古今中西熔为一炉，从中受到启发，按自己的认识和需要来决定取舍，故常能达到前人所未能企及之高度。

情感之维

当社会越来越重视金钱、权力等物质观念时，知识世界与人类情感世界的距离似乎也越来越遥远了。当今的教育制度往往集中于提高学生的知识水平，而很少顾及学生情感世界的塑造与培养。其实，中国传统文化一向是十分重视情感的。公元前200多年，就已有"道始于情，情生于性"的记载（郭店竹简），后来孔子提出"亲亲""爱人"，孟子提出"人皆有不忍人之心""恻隐之心，仁也"。他们强调的都是出自内心的至情。这样的至情从爱父母的亲情，爱兄弟朋友的友情，爱自己所爱者的爱情，到爱一切受难者的"泛爱众"的同情，从小到大构筑了一个人的情感世界。

情感世界是需要培育的，没有培育，就会像荒芜的花园，日趋凋零，甚至成为荆棘横生、藏垢纳污的场所。语文教育（包括英语读本）是培护青少年情感世界最重要的途径之一。记得我上初中时，各校广泛采用的课本都是由夏丏尊、叶圣陶主持的开明书店出版的。鲁迅的《秋夜》、朱自清的《背影》、安徒生的《卖火柴的小女孩》、王尔德的《快乐王子》等，我都是第一次从这些语文课本或英文课本上读到的，在情感上受到最初的熏陶。后来，到了高中，我的语文老师特别喜欢古诗词，常给我们增加一些这方面的补充读物。记得短短的"春眠不觉晓，处处闻啼鸟。夜来风雨声，花落知多少。"四句诗，他讲了一堂课，他的朗诵和他的陶醉深深感染着我们，教我们如何关注身边的大自然，欣赏大自然的节律，懂得一切美好的事物都不可能永驻。他的解读，积沉于我的情感世界，至今有时还会无名地冒出来占据我的心灵。

1948 年，我上北大时，北大中文系一年级，设有"大一国文"和"现代文学作品选读"，分别由系内享有极高威望的沈从文教授和废名教授主讲，这是当时的重点课程。之后，中文系二年级有文艺文习作，三年级有议论文习作，四年级有社会调查习作。这些课程所讲解的每一篇范文，对每一篇学生习作的评讲，都培育着学生的高尚情操，是陶冶青年性情不可或缺的环节。可惜由于院系调整，这些课程都被取消了，即便还有"作品选读"之类，也都更着重于知识的系统讲授，情感之维被大大地淡化了。

目前，整个教育机制对教师和学生的评价日趋物化和量化，教师的考核标准和学生的升学期待，都离情感的培育越来越远，教学关系越来越像一种知识的贸易关系。这不能不和中国传统的教育观念大相径庭。儒家强调"兴于诗，立于礼，成于乐"，认为教育的过程整个就是一个塑造人格，追求人性和谐完美的过程，也就是一个情感培育的过程。当前日益盛行的网络教育更进一步切断了教师和学生之间的感情联系，教育不再是一个让人社会化和人情化的进程，而是使学生在一个虚幻的群体形式之下维持着孤立的个体。他们时刻只看见自己，因此他们同这个世界更容易建立起来的常常是一种索取而非给予的关系。

　　总之，目前的教育体制只着重于让学生在智力上获得训练，而情感教育方面却近乎荒芜，这不能不说是一个严重问题。最近听说北京语言大学中文系的青年教师们利用各自的专业所长，为应届新生开设了"情感教育"这门迟到的课程，试图用各自所掌握的各种情感话语，让学生深刻领悟，并重塑自己的精神世界。学生们回馈他们的是："这个课程引起了自己的情感震撼"或"精神地震"，认为这是前所未有的，极其重要的"精神洗礼"。青年教师们开创性的尝试取得了令人欣慰的成绩。

我的五字人生感悟

　　谢谢大家来。我今天没有什么特别的准备，但对于这个"博雅清谈"我是很拥护的。我觉得如果说上一任系主任有最大的德政的话，那就是我们北大中文系从来不趋时跟风。当校园里满眼是各种"老板班"招生的横幅和招贴时，中文系虽然穷，就是不办这样的班。我并不反对为企业家提高国学知识和人文精神贡献力量，但北大到底是办什么，你到底是以什么为核心，你对学生能花多少力气呢？你的重心放在什么地方呢？这始终是我一直非常忧心的事情。可是中文系没有受这个感染，值得欣慰。新主任提出的"博雅清谈"和上一任主任的德政有一脉相承的地方，并且它是对时下风气的一种无声或有声的抗议，至少是回归人文精神、回归北大真正传统的一个小小的、值得肯定的举措。

　　我想谈什么呢，我的书就在这里。过去我写过的散文集，如《透过历史的烟尘》《绝色霜枫》等，如果说写作时还有些遮掩，那么，这一本虽然还是有所不讲，因为有好多东西还是不能讲的，但我可以保证我讲的都是实话，做到季羡林先生所说的："真话并不都讲，假话决不讲。"

我觉得，我的一生可以说体现着佛经讲的五个字，并可用之加以表述。佛经认为人的一生贯穿着五个字：第一个字是"命"，你必须认命，比如说你生在哪一种家庭，你长成什么样，你没法选择。你生在一个贫农家庭和你生在一个大富豪家庭肯定是不一样的，这是命，你不能选择的。这叫命中注定。

第二个呢，我觉得是"运"，时来运转的"运"。这个运是动态的，如果说命是注定的，不动的，而运则是动的。我常常觉得自己有很多时来运转的时候，也有很多运气很糟糕的时候。好多时候，你觉得你没有做什么，可就是发生了某种运。比如当时我们刚大学毕业，作为北大中文系的一位年轻教师，想和伙伴们办一个能发表年轻人文章的学术刊物，并难免有几分狂妄地拟名为《当代英雄》。为此，1958年反右已经快结束了，我还是被补进去，划成了极右派。我为此二十多年离开学术界。后来我搞比较文学，也真是时来运转。那时已经是1981年了，我已经五十岁了。也是非常偶然的，我也不知道怎么就把我选去哈佛做访问学者了，而且，不单是在哈佛访学了一年，当时加州大学伯克利分校有人来哈佛开会，看见我，就邀请我到他们那儿做两年特约研究员。我完全没有想到，怎么可能呢？伯克利和哈佛都是很好的学校。后来，我就相信这个运，就是说时来运转。运是不能强求的，运没有来的时候，强求也没有用。当运气很坏的时候，你不要着急，运气很好的时候，你也不要觉得自己怎么了不起，它是有一个你所不知道的力量在后面推动的，并不是你自己有什么了不起。

第三个字是"德"，就是道德的德，道德是任何时候都要修的，孔夫子讲："德之不修，学之不讲，闻义不能徙，不善不能改，是吾忧也。"如果你不讲德、不讲学的话，那是非常大的忧患了。无论在什么意义上，我总觉得自己要做个好人，我觉得这是中华民族传统文化中一个非常重要的因素。像费孝通先生讲的，是中国文化传统的基因。一般普通的老百姓也不一定就望子成龙，可是他希望孩子是个好人，不要是个坏人，这是生存在我们老百姓文化中的一个基因。在我最困难、最委屈、最想不通的时候，我觉得有两句话是我生活的支柱，那就是："达则兼济天下，穷则独善其身。"尽管那时什么权利都被剥夺了，但我还可以做一个好人。我在乡下被监督劳动时，正是大饥饿的年代，领导要求我创造一个奇迹，要把四只小猪，在不喂粮食的条件下，也能养肥了给大家过年。就这个任务，当时我真很着急呀，每天漫山遍野让猪在地里拱食，到处给它们打猪草。后来把那猪养得还可以，反正不算肥，但是大家过年的时候都吃得挺高兴，我觉得也很好。所以不管怎么样，就算在很困难的环境里，还是要独善其身，竭尽全力，做个好人，所以老乡都很喜欢我。当时我住的那一家，老大爷是个放羊的，他去放羊的时候，捡到一个核桃、半颗花生，都带回来给我吃。那时候的下放干部很多都得了浮肿病，因为粮食不够，可是我没有得浮肿，那就是因为我们常常可以吃捡到的核桃、花生、白薯头。而且我们的那个大娘养鸡，除了上交的鸡蛋定额外，总还能剩下几个。我们三个人，大爷大妈和我几乎每隔几个月就会有一次鸡蛋宴，三个人吃8个鸡蛋。所以我一直没有浮肿，身体很好。如果那时候看不见前途就完全消沉，什么也不想干了，或者说你对老百姓很冷漠，对大家很抗拒，如果没有"穷则独善其身"的信念，就会觉得日子没法过下去。

第四个字是"知"，知识的知。知是你自己求的，就是说你要有知识，要有智慧。这一点，我觉得我也一直没有放弃。即使在放猪的时候，我也一边放猪啊，一边念念英文单词，没有把英语基础全丢掉。我原来是喜欢外国文学的，特别是屠格涅夫等俄国小说。他写的革命女性对我的影响非常之大。另外一方面，我也很喜欢中国的古诗词。我很奇怪，一方面是那种特别进取的，像我喜欢的俄罗斯文学都是比较进取的。立志要为别人、为大众做一点事；可另一方面，中国的诗词，特别是元曲里那些比较消极的东西对我影响也很大。比方说我年轻时老爱背诵的那些元曲："上床和鞋履相别""人生有限杯，几个登高节"之类。这些知识对我以后走上比较文学的道路是很重要的，因为我知道一点西方，又知道一点中国，然后又运气好，到了哈佛大学，接触了比较文学学科，这就使我有了从事比较文学的愿望，特别喜欢这个学科，也看到这个学科将来的发展未可限量。所以这个知对人很重要，有时也会决定人的一生。如果你没有这个知识领域，没有看过相关的书，你根本不接触，那就不可能向这方面发展，你这个人就会很闭塞，可供你选择的道路也会很少。所以，我很看重这个知字。

第五个字是"行"，上面谈到的一切，最后要落实到你的行为。这个行其实是一种选择，就是当你面临一个个关口的时候，你怎么选择。人所面临的选择往往是很纷繁的，也有很多偶然性。即便前面四个字你都做得很好，可是这最后一步，当你跨出去的时候，你走岔了，走到另一条路上去了，或者你这一步走慢了，或者走快了，你照样还是不会得到很好的结果。我觉得我自己有很多这样的关口，例如那时到苏联去开会，领导真的很挽留我，告诉我你可以到莫斯科大学留学，兼做国外学生工作，但是我还是决定回北大。后来季羡林先生给我的一本书写序的时候，他说："乐黛云这个选择是对的，也可能中国失掉了一个女性外交官，但中国有了一个很有才华的比较文学开拓者。"这就是说选择很重要，人的一生，有时选择对了，有时选择错了。选择对了，运气不来也不行。记得我大学毕业时，彭真市长调我去做秘书，我选择不去，但也由不得我。没想到一来二去，当时竟把我的档案弄丢了，我也不想去找，后来也就算了。这样，我还留在北大，这就是选择和命运的结合。

总之，命、运、德、知、行，这五个字支配了我的一生，对此有些感悟，我讲出来与大家分享。

辑三

母亲的胆识

母亲 14 岁失去父母，独自支撑着并不富裕的家业。她竭尽家资，让比她年长 4 岁的姐姐去北京求学，希冀学成后再支援自己和妹妹深造。殊不知几年后，姐姐大学毕业，一去无音讯，再也联系不上。母亲只好嫁给比她大 10 岁的父亲，条件是支持她离开封闭的山城，到下江（指长江下游发达地区）求学。父亲果然实践了自己的诺言，带母亲到杭州艺术专科学校正式入学，让母亲如愿以偿。可惜好景不长，母亲不情愿地怀上了我，只好返回家乡。我始终愧疚自己成了阻断母亲求学意志的罪魁祸首。后来，就凭这一点艺专的基础，她多年在一个女子中学担任美术和劳作教师，教女孩子们画画、编织、刺绣、做泥塑。父亲多次逼她放弃，说不需她赚钱，只需她管孩子，做家务。但母亲始终坚持，她屡屡教导我要有独立的人格、独立的追求、独立的事业，尤其是女人，必须有独立，才能有尊严。

1948 年，我同时考上了北京大学和中央大学，父亲坚持让我选择后者，说是将来即便以长江为界，南北分治，我也可随时回贵阳老家。但我满心想的都是飞出山城，北上革命。母亲支持了我，对父亲只说是去南京，但默许我一到武汉就去寻找北京大学新生接待站。我揣了家里仅有的十个银元，坐上开往柳州的汽车，换乘湘桂黔铁路（桂黔段尚未建成）。人们都指责母亲，不该让我一个十七八岁的女孩子孤身出门乱闯，但母亲对我有足够的信心。如果不是母亲的胆识，我整个的生命故事就将全部改写。

新中国成立前夕，我在北京的确经历了一段相当艰苦的生活。围城期间，金圆券贬值，物价飞涨。北京大学一年级学生自治会为了保障大家在围城期间的生活，创建了一个面粉银行，组织同学把手边的钱都买成面粉，集体保管，随时存取。我当时只有够吃饭的公费（每餐只够吃高粱米饭和酱油煮黄豆），此外真称得上身无分文。当时的北京与我的家乡已很难联系上，母亲对我十分牵挂，竟然想出了一个非常聪明的办法。她不知道怎么在贵阳找到一个卖猪肉的老板，他有一个哥哥在北京也卖猪肉。她给了贵阳的猪肉老板 60 斤猪肉的钱，让他的哥哥北京的猪肉老板转手付给我 60 斤猪肉的钱。此事竟大获成功。由于母亲的智慧，我居然在自治会的面粉银行里也有了属于自己的两袋面粉。

解放了，中学美术劳作课全部取消，母亲失业。她本可在家歇息，但却立即开始了寻求适应新社会的独立之路。当时大、中学一律开设俄语课程，最紧缺的就是俄语教师。年近半百的母亲竟然下定决心学习俄语，从字母学起。她报名参加了贵州广播电台举办的俄语教学班，苦学两年，通过了各个层次的考试，终于拿到了俄语初级教师合格的文凭。此后她多年在贵州农学院教大一俄语，由于她的勤奋和钻研，一直得到学生好评。

就这样，十年如一日，父母都到了退休年龄。那时，我在北大，弟弟在清华，妹妹在北京铁道科学院。母亲以极大的毅力，处理了老家的各种事务，迁居到北京，在北大与清华之间被称为城府的旧居民区的一条小街——槐树街，买了一个小小的四合院。地方虽小，母亲却着意经营，在院子里种了一棵梨树、一棵桃树、一架葡萄，还有遍地的太阳花。我们常带着孩子回家，从来没有看见母亲这样高兴，她认为经过多年离散，现在总算圆满团聚了。可惜这样的快乐日子不过短短两三年。

北大、清华的文化大革命把母亲吓得目瞪口呆。几乎天天有批斗黑帮的游行队伍从家门前过，不懂事的、在街道上游荡的孩子们不断向他们扔石子，吐口水；著名学术权威翦伯赞被驱逐到城府小街的一间破民房内，孩子们不时给他们在路边煮饭的煤球炉子浇水，让他们吃不成饭。翦师母常常出来央求孩子们不要浇水，让他们煮一顿饭。整个北大清华地区处处是武斗之声不绝于耳。母亲知道我和她一向看重和宠爱的女婿就在这被游斗的行列中。她完全不能理解这一切，但谁又能给她解释呢？她能想到的只是给我们做一点好吃的菜，我每天劳动后可顺路带回我自己的家。

武斗越来越激烈了。我们所住的燕南园位于学生区中心，学生住的大楼顶上都有用自行车内胎制造的强力弹弓，学生区内常常是砖头横飞，当一个路过的孩子误被砖头砸死后，我终于决定不能再让我的两个9岁和13岁的孩子住在这个区域了。他们到处乱跑，还誓死支持两派中的一派，帮他们爬树摘另一派的高音喇叭，分发传单、宣传品、报纸等。母亲知道后，立即将他们关进了自己的小四合院，不许再出来。可惜只住了两天，第三天，街道革委会就找上了门，指责母亲留住"黑帮子女"而不报告。母亲气极声辩，但哪里有理可说？！最后街道革委会撂下话：如果要留住，就必须给两个孩子挂上"黑帮崽子"的牌子，以示分清革命和反革命的界限。母亲尽管有胆有识，却从未经历过这样残酷无情、无理可讲的场景，顿时气得脸色煞白，说不出话。她当然不会让两个钟爱的外孙忍受这样的屈辱，在清华教书的弟弟让我当夜就在大雨中把孩子接走。

第二天，母亲头痛剧烈发作，送到海淀医院。医院一片混乱。医生都或在挨斗，或在打扫厕所，当权管事的是"革命派医护人员"。他们下令给母亲抽脊髓化验，但母亲的病本来是一般性脑血管瘤，抽脊髓必然引起大出血，这是常识。母亲顿时昏迷，再也没有醒过来。我和弟弟在母亲的病房外守了一夜。半夜时分，弟弟号啕大哭，我紧握他的手，无话可说。我知道他的悲痛不只是为母亲，也是为这不可理解的社会，不可预知的未来和一切美好的梦的破灭。

黎明，我和弟弟将母亲送上八宝山平民火化场。那里的景象触目惊心！许多尸体横七竖八地摆放着，等待火化，男女老少都有，好些是满身血迹，大约都是被打死的"牛鬼蛇神"，还有不少十七八岁的孩子，他们是"黑帮崽子"或两派打仗的牺牲品。这些尸体本应在黎明前处理完毕，但时间不够，只好堆放在那里。

我和弟弟好不容易逃出了这个人间地狱。我们抱着母亲的骨灰盒回家，将它安置在小四合院的正房，放上母亲的照片，没有鲜花，没有悼唁。奋斗终身、有胆有识的母亲就此长眠，享年56岁。

父亲的浪漫

在我的印象中，父亲一直是一个追求浪漫之人。20世纪20年代，他千里迢迢，跨越崇山峻岭，到北京来投考著名的北大英文系。他曾接受过胡适的面试，但胡适嫌他英语口语不好，有太重的山城口音，没有录取。他一气之下，就在北大西斋附近租了一间公寓，坚持在北大旁听，当了四年北京大学英文系的自由旁听生。他告诉我当年北大的课随便听，他只听陈西滢和温源宁的课，虽然对面教室鲁迅的讲堂人山人海，但他从不过问。

他不缺钱。祖父是贵阳山城颇有名气的富绅兼文化人，写得一手好字，收了好些学生。据说他痛恨自己的先人曾是贩卖鸦片的巨商，立志改换门庭，除一个儿子继续经商外，将其余四个儿子都先后送到北京。后来，一个是清华大学首批留美学生，学化学；一个送到德国，学地质，后来多年担任北大地质地理系主任；还有一个学医，是抗战时期贵州名医；只有父亲学文，颇有游手好闲之嫌。但父亲并不是一个纨绔之人。记得1976年他和我曾到天安门左侧劳动人民文化宫，去向周恩来总理遗体告别，他一再和我谈起1924年，他到天安门右侧中山公园悼念孙中山，并步行送孙总理遗体上碧云寺的情景。他对两位总理都深怀敬意，曾对相隔五十余年的东侧、西侧两次悼念，不胜唏嘘。但他却始终讨厌政治，只喜欢读济慈、渥兹华斯的诗。

1927年，他学成还乡。同学中有人劝他去南京，有人劝他去武汉，他都不听，一心要回家乡，建立小家庭，享人间温暖，尽山林之乐。据他说，途经九江，曾遇一位革命党人，好意劝他参加革命，不想他游庐山归来，这位革命党人已经被抓进监狱，这更使他感到政治斗争的残酷，而更坚定了"躲进小楼成一统，管他冬夏与春秋"的决心。

回到贵阳，父亲很是风光了一阵。他穿洋装，教洋文，手提文明棍；拉提琴，办舞会，还在报上骂军阀，都是开风气之先。他又喜欢和教堂的神父、牧师交往，练练口语，换换邮票，看看杂志，喝喝咖啡之类。文化大革命期间，他为此吃了很大苦头，说他是什么英国特务的高级联络员等等，经过多次"触及灵魂的批斗"，后来也就不了了之。

父亲当年回乡最得意之事，就是娶了比他年轻十多岁的我母亲，她是当年女子师范艺术系的校花，从此筑成了他多少年来朝夕梦想的温馨小家。祖父去世，五兄弟分家，父亲放弃了其他一切，只要了祖父晚年刻意经营的小小后花园。我记得当时的乐家大院是一座很长的大建筑，横穿两条街：大门开在普定街，后花园出口是毓秀里。房屋有5进，第一进是办公待客的地方，第二进是祖父的书房，这两处后来被改建为伯父的临街诊所，第三进是祖父原来的起居室，祖父去世后，设有乐氏祖宗的牌位，由祖父的姨太太掌管，每天按时进香、敲磬、祭祀。第五进是一些破旧无人居住的旧房。穿过这些荒凉地带就是后花园。

花园里原有一座带飞檐的旧楼，挂着"湘雪堂"的牌匾，有许多玉兰花、紫荆花和古老的银杏树，还有一口养金鱼的大石缸。父亲对这个花园进行了彻底改造，他买来许多外国建筑和室内装饰杂志，自己设计了一幢美丽的小洋楼。那还是20世纪30年代初期，在贵阳确是绝无仅有。父亲对自己的杰作满意极了。他常常举行周末家庭舞会，宾客云集，华尔兹、狐步舞、探戈都从这里传播开去。他们在里屋舞兴正酣，我们几个小孩则在外屋把准备好的糖果点心吃个够。

这是父亲一生中最快乐的几年。可惜好景不长，政府决定要新修一条马路，通过毓秀里，直达体育场。后来父亲告诉我，曾有人来联系，说是只要自愿出一点捐赠，马路就可以绕开一些，不一定从父亲的花园穿过。父亲认为如此公然让他行贿，简直是奇耻大辱，不仅拒绝，还把来人大骂了一顿。据说原来计划修的马路并非像后来那样，就是因为父亲坚决拒绝行贿，惹恼了父母官，一条大路硬是从我们的花园中央蛮横地穿了过去。花园中的这个厅、那个楼，当然全都拆得七零八落，林木花草更是一片凋零。父亲已不再有钱将破损的花园修复，只好将房子和地皮都交给当时正在发展的"信谊药房"经营。相约8年内由他们使用，8年后他们占有一半，交还父亲一半。父亲的洋房、洋梦、洋生活就此结束，留下的是他对政府官员的痛恨。记得那时我们每年必须亲自到官府去交地价税，父亲说这是他最难以忍受的苦痛，让我替他去。我还没有柜台高，什么也弄不清，常被大小官员们呼来喝去，每次都是气冲冲地返回家。父亲总是安慰我说："你就当去一次动物园吧，狮子老虎对你吼，你也要去对他们吼么？"

卢沟桥事变之后，贵阳这座山城陡然热闹起来，市街摆满了地摊，出售逃难来的下江人的各式衣服杂物；油炸豆腐、江苏香干、糖炒栗子、五香牛肉的叫卖此起彼落。一到傍晚，人群熙熙攘攘，电石灯跳动着小小的蓝火苗，发出难闻的臭味。我却欢喜和母亲一起在闹市中穿行，一边吃个不停。可惜好景不常，大约是1939年末，下达了学校疏散的命令，父亲所在的贵阳一中奉命迁到离市区十余里的农村——乌当。先是在一个大庙里上课，后来又修建了一些简陋的草房；教员则挤在租来的民房里。父亲仍不改他的浪漫，别出心裁地租了一座农民储粮的仓库，独门独户，背靠小山，地基很高，面向一片开阔的打谷场。

我们一家四口（还有两岁的弟弟）就在这个谷仓里住了差不多一年。尽管外面兵荒马乱，我们还可以沉浸在父亲所极力营造的一片浪漫温情之中。例如，我们常常去那座小山顶上野餐，欣赏夕阳。这种时候，我和弟弟在草地上打滚，摘野花，有时也摘一种野生的红荚黑豆和大把的蒲草，母亲会将它们编成一把若帚扫床。母亲还教我们用棕榈叶和青藤编织小篮儿，装上黄色的蒲公英花和蓝色的铃铛花，非常美丽。这时候，父亲常常独自引吭高歌，他最爱唱的就是那首英文歌《蓝色的天堂》：——"Just Mary and me, and baby make three, that is my blue heaven!"有时我们也一起唱"家，家，甜蜜的家！虽然没有好花园，春兰秋桂常飘香。虽然没有大厅堂，冬天温暖夏天凉……"父亲有时还唱一些古古怪怪的曲子，我至今还清楚地记得其中一首歌词是这样："我们永远相爱，天老地荒也不分开。我们坚固的情爱，海枯石烂也不毁坏。你看那草儿青青，你看那月儿明明，那便是我们俩纯洁的、真的爱情。"我至今不知此是中国歌还是西洋歌，是流行歌曲还是他自己编的创作歌曲。

中学教师的薪水不多，但乡下物价便宜，生活过得不错，常常可以吃到新鲜蔬菜和鲜猪肉。每逢到三里外的小镇去买菜赶集，就是我最喜欢的节日。琳琅满目挂在苗族和种家人项链上的小铃铛、小饰物，鲜艳夺目的苗族花边和绣品，还有那些十分漂亮、刻着古怪图案、又宽又薄的苗族银戒指，更是令人生出许多离奇的梦幻。唯一令人遗憾的，是没有好点心可吃。母亲于是用洋油桶作了一个简易烤箱，按书上的配方做蛋糕和饼干。开始时，蛋糕发绿，饼干一股涩味，后来一切正常，由于加了更多的作料，比城里点心店买的还要好吃。父母常以《浮生六记》的男、女主人公自况，"闲情记趣"一章也就成了我的启蒙读物。那时候，生活真好像就是一首美丽恬静的牧歌。然而，经过多年之后，回想起来，倒也不尽然。

我们住家附近没有小学，父母就自己教我念书。父亲教英语、算术，母亲教语文和写字。母亲是一个追求独立，酷爱自由的女性。据我后来的观察，她与父亲的结合多少有一些"不得不如此"的苦衷。她内心深处总以靠父亲生活不能自立为耻。对于父亲的种种罗曼蒂克，她也不过勉强紧跟而已，并非出自内心的追求。从我很小的时候起，母亲总是时时刻刻教我自立自强，并让我懂得依靠别人是非常痛苦的事。母亲很少教我背诗，却教我许多易懂的散曲，内容则多半是悲叹人生短暂，世事无常。那首："碧云天，黄叶地，西风紧，北雁南飞。晓来谁染霜林醉，总是离人泪"，母亲最喜欢，还亲自谱成曲，教我唱。我至今会背的，还有"晓来青镜添白雪，上床和鞋履相别。人生有限杯，几个登高节！"等等。从后来的许多事实看来，这些选择都体现出母亲内心深处的一些隐痛。其实，所谓牧歌云云，也不过是自己给自己营造的一种假象。当时，抗日运动在高涨，学校也来了许多下江学生和先生。他们教大家唱抗日歌曲，诸如"大刀向鬼子们的头上砍去""工农兵学商，一起来救亡"之类，我都是当时学会的。我印象特别深的是有一位美术老师，我至今还记得他的名字叫吴夒。我所以记得这个名字是因为夒字太难写，母亲教我写了很多遍。他教学生用当地出产的白黏土做各种小巧的坛坛罐罐，然后用一个铜钱在上面来回蹭，白黏土上就染上一层淡淡的美丽的绿色。他又教学生用木头雕刻简单的版画，我记得刻的大都是肌肉隆起的臂膀，还有喊叫的张开的大嘴。版画上大都刻着抗日的大字标语。学生们都很喜欢他，特别是我的小姨，母亲唯一的妹妹，当时也是贵阳一中的学生。父母在乡间很少招待客人，这位吴先生却是例外，记得他来过好几次，和父母谈得很高兴。于是，来到了大清洗的那一天。在一个漆黑的夜晚，吴先生和两个学生被抓走了，警车呼啸着，穿过我们窗前的小路。不久，传来消息，说吴先生一抓到城里就枪毙了，他是共产党员。接着又有一些学生失踪。母亲把小姨囚禁在家，也不让她上学，她大哭大闹要和同学一起去延安。就在这个夏天，父亲被解聘，失了业，罪名是与共党分子往来。幸而他们并未搜出学生们藏在我家天花板上的文件，否则问题就不只是解聘了。那是1941年，我十岁。

我们一家惴惴惶惶地回到了贵阳。原来的房子已租给别人，我们无处可去，只好挤进老公馆。所谓老公馆，就是前面说的由祖父的姨太太掌管的一进5间留作祭祀用的公房。父亲失业，坐吃山空。我们真是过了一段非常穷困的日子。我常陪母亲到贵阳专门收购破烂的金沙坡去卖东西。几乎所有能卖的东西都卖光了。记得有一次，母亲把父亲过去照相用作底片的玻璃片洗得干干净净，一扎扎捆得整整齐齐，装了一篮子，拿到金沙坡旧货市场去卖，但人家不愿买，说了很多好话才卖了五毛钱。母亲和我真是一路滴着眼泪回家。更难堪的是，当时已是贵阳名医的伯父，事业非常发达。他的私人医院占据了大部分老宅，而且修缮一新。许多权贵都来和他结交。就在同一院内，他们家天天灯火辉煌宾客盈门。我的六个堂兄弟都穿着时髦，请有家庭教师每天补习功课。我和他们常一起在院子里玩，每到下午三点，就是他们的母亲给他们分发糖果点心的时候。这时，我们的母亲总是紧关房门，把我和弟弟死死地关在屋里。在这一段时间里，父亲很颓丧，母亲和我却更坚定了奋发图强、将来出人头地的决心。

生活的转机有时真是来得好奇怪，父亲偶然碰到了一个北京大学的老同学，他正在为刚成立不久的贵州大学招兵买马，一谈之下，父亲当即被聘为贵州大学英文系讲师，事情就是那么简单。我们一家高高兴兴地搬到了贵州大学所在地花溪。说起花溪，也真是有缘分。这是一个非常美丽的小镇，一湾翠色的清溪在碧绿的田野间缓缓流淌，四周青山环绕，处处绿树丛生，离贵阳市中心四十多里地，但多少年来，这块宝地却不为人知。大约还在抗日战争爆发前三四年，喜爱爬山越野的父亲就发现了这一片世外桃源。那时这里还只是一片不为人知、只是种家人聚居的荒山僻野。如果你不能步行四十里，你就绝无可能亲自领略这一派人间仙境。父亲一心向往西方生活方式，也想在城外拥有一间幽静的别墅。他花了很少一点钱在花溪（当时的名称是"花格佬"）买了一小片地，就地取材，依山傍水，用青石和松木在高高的石基上修建了一座长三间的房子，前面有宽宽的阳台，两边有小小的耳房，走下七层台阶，是一片宽阔的草地，周围镶着石板小路，路和草地之间，是一圈色彩鲜艳的蝴蝶花和落地梅。跨过草地，是一道矮矮的石墙，墙外是一片菜地，然后是篱笆。篱笆外便是那条清澈的小溪了，它是大花溪河的一道小小的支流，把大河里的水引向脚下一大片良田。草地的左边是一座未开发的、荒草与石头交错的小山。最好玩的是在篱笆与小山接界之处，却是一间木结构的小小的厕所，厕所前面有一块光滑洁净的大白石。后来，我常常坐在这块大白石上，用上厕所作掩护，读父母不愿意我读的《江湖奇侠传》和张恨水的言情小说。可惜路途遥远，交通不便，实际上，抗战前我和母亲只去过一次，是乘轿子去的。那次，新居落成，父亲大宴宾客，游山玩水，唱歌跳舞，又是听音乐，又是野餐，很是热闹了好几天。平时，只有父亲常去，他喜欢步行，认为那是一种很好的运动。

这次重返花溪的机缘简直使父亲欣喜若狂。虽然他的别墅离贵州大学足有十里之遥，他也宁可每天步行上课，而不愿住进大学的教师宿舍。后来他为此几乎付出了生命代价。他和母亲在这里一住就是三十年，20世纪50年代，当我和弟弟都在北京念书时，他忽然得了脑血栓，人事不知，昏迷不醒。那幢别墅修建在种家人聚居的一座小山的半山腰，离镇上的小医院还有十多里路，既没有车也没有电话，一时间更叫不来帮手。母亲怎么把父亲弄到医院，父亲又怎么能全无后遗症地恢复了健康，对我们来说，始终是一个不可思议的谜。

我快乐地在花溪度过了我的初中时代。母亲因为在我就读的贵阳女中找到了一份教书的工作，心情比过去好多了。她担任的课程是美术和劳作。她教我们用白黏土做小器皿，并用铜板磨上淡淡的绿色。我知道这是为了纪念那位被枪杀的年轻美术教师吴夔。母亲还教我们用粗毛线在麻布上绣十字花，她也教我们铅笔画、水彩画、写生和素描。总之，她的教法是相当新潮的。她非常爱艺术，也爱她的学生。总之，我们在花溪的生活又恢复到过去的情调：在小溪边野餐，看日落，爬山，做点心，赶集，只是这里的集市要比乌当大得多了，父亲又开始快乐地唱起他那些永远唱不完的老歌。

伯父的遗憾

我的第七个伯父乐森璕是乐氏家族学术成就最高的佼佼者。他是古生物学家、地质学家，第一批学部委员，科学院院士。1924年毕业于北京大学，30年代在德国马堡大学师从著名古生物学家魏德肯教授。他的博士论文《华南广西省中泥盆世四射珊瑚化石群》，详细描述了大量四射珊瑚化石种属，并与莱茵区的化石进行了对比。回国后，他对川黔桂粤等省的矿产地质进行了普遍调查，创建并领导了贵州省的地质矿产勘测与研究。他走遍了故乡的山山水水，为贵州省的煤、铁、铝、汞、铜、锰等矿产资源的普查评价和开发利用做出了特殊贡献。他在1944年中国地质学会第20届年会上宣读的《贵州地质纲要》和1945年发表的《贵州主要矿产之分布与重工业中心之建立》的报告，大力呼吁发挥贵州省的资源优势，建立重工业基地。1953年，他在贵州江由县发现了3亿年前生长在我国远古时期的特殊古鱼类化石，经专家鉴定，命名为"乐氏江油鱼"，并被列为当年地质考古界重大发现，载入《中华人民共和国大事记》。1964年他的专著《珊瑚化石》出版，这是中国第一部全面总结四射珊瑚研究的著作，代表了当时国内外研究的最新水平。同年，他担任了北京大学地质地理系主任。他心心念念不忘故乡丰富的矿产资源，为了弄清这些资源，他风餐露宿，患了严重的风湿性关节炎，耗尽了自己的一生。直到1981年，他年逾八旬，还不辞劳苦地从北京飞往贵阳，参加贵州省委和省科委举办的"自然科学讲座"，做了题为《贵州煤矿研究史》的报告，并一再表示愿为开发贵州省的自然资源竭尽全力。

我们家里人对伯父都有些害怕，觉得他从希特勒正在上升的那个国家来，多少有点法西斯的味道。倒是母亲对他颇为眷顾，他一个人来贵阳考察时，母亲会给他做几样精致的小菜送去。抗日战争爆发，父亲执教的贵阳一中迁校到乌当，伯父担任所长的贵州地质调查所疏散到隔一个小山坡的洛湾村，我们常常带着母亲自制的西点，从乌当河边的来仙阁到山那边的万松阁去和他一起野餐。至于我自己，对他的印象可不怎么好。第一，他以前来参加父亲的舞会时总是追着一个被称为朱二小姐的时髦女人跳舞。此人是妈妈的朋友，听说是甘肃省省长的女公子，确实长得很美。伯父的腿又长又直，朱二小姐舞技娴熟，像只花蝴蝶。他们两人跳起斯特劳斯华丽的皇帝圆舞曲，真是舞惊四座，把别人全扫到圈外去了！后来，我每读到鲁迅写的假洋鬼子腿直，不会弯，我总会想起伯父的舞姿。第二，我总觉得他和德国人一样过于重男轻女，他对他自己的三个女儿和我这个侄女都不大放在眼里，唯独对我两岁的弟弟宠爱有加。弟弟一到，他就会打开那只精致的小玻璃柜，拿出我们从未见过的，他从德国带回的各种机器玩具：会拐弯的小汽车，在轨道上跑来跑去的小火车，会敲铜鼓的德国骑兵，会发火的手枪等等。弟弟有时还可以动手摸摸，我们却只有远远站着看的份儿。如果弟弟来时他正在开留声机听唱片，他照例会停下来，问弟弟想听什么。弟弟每次都会说要听"叽咕叽"。所谓"叽咕叽"就是当时郎毓秀唱的抗日歌曲《救国军》。我还记得那歌词有："举杯高歌救国军，洒热血抗敌人，不怕敌人炮火凶狠，看我们血肉筑长城！救国军！救国军……"

1955 年伯父调到北大地质系任教，我虽去看过他，但也没有留下什么深刻印象。几十年来留在心里的倒是一幅荒诞可笑的场景。那是文化大革命初起，一个凄凉的傍晚，我从文史楼经过地质楼回家，忽见楼门口大街上围着一群红卫兵，他们高呼"打倒反动学术权威"的口号。走近一看，一个红卫兵正指着我伯父说："叫你背毛主席语录，你一条也背不出，教授怎么当的！？算了，你就背一下伟大领袖毛主席的教育革命路线吧！这总该会吧！"伯父从来远离政治，没有任何反动关系，历史清白如水。造反派确实没有抓到他任何把柄，对他还算客气。伯父磨蹭了半天，终于嗫嚅出一句："我记得是劳动与生产相结合吧。"他的话引起红卫兵一阵哄堂大笑。那位问话者指着他的鼻子说："亏你还是个大教授，连伟大领袖毛主席的教育革命路线都背不出！你要好好接受革命群众的再教育，好好竖起耳朵听着，伟大领袖毛主席的教育革命路线是：教育与生产劳动相结合。记住了吗？"快到吃饭时间，革命群众一哄而散。伯父踽踽独行，走向回家的路。我远远地跟着他，心里感慨万千。那个昂首阔步，气宇轩昂，震动了世界古生物学界的中国科学家，那个心怀祖国，跋涉于贵州崇山峻岭之间的探索者早已不复存在。

对伯父打击最大的还不是这些零零碎碎的折磨，而是我的伯妈的去世。很不幸，文化大革命一开始，伯父家里能干的保姆就成了全北大保姆革命造反派的总领袖。她的第一个革命行动就是把剥削压迫工人的女主人揪出来批斗，"算剥削账"。伯妈文化水平不高，平常只读张恨水的《啼笑因缘》和《金粉世家》，从来不问世事，哪里见过批斗会这样的阵仗，本来就有高血压，三斗两斗，很快就离开了人世。

文化大革命后，地质地理系的党组织很关心伯父的生活，一个朋友给伯父介绍了一个老伴，是一位教授的遗孀，文化程度虽不高却心地良善，她给伯父重新置办了新的丝棉袄、丝绵裤、高级羊毛衣，给他煲各种各样的汤，又常常感叹一个名教授的生活竟然如此清苦，用她的话来说，"连件像样的衣服都没有！"伯父的家从此气象一新；可惜好景不长，伯父的三个女儿终于容不下这个新来的家庭元素，不是说父亲珍贵的邮票丢失了，就是说母亲多年珍藏的珠宝不翼而飞。新的家庭关系很快就被拆散，伯父仍然冷清地独居在原来的旧屋里。

我和伯父虽然都住在中关园，但伯父从来没有来过我家。

20世纪80年代末，有一天他突然来敲门。在晚辈面前始终矜持的伯父竟然亲临寒舍，使我十分惊讶。他一口气把话说完，随即离去，没有多留一分钟。原来他要我替他办一件事：他在医院认识了一个信奉基督教的心地善良的单身护士长，两人情投意合，差不多已到了谈婚论嫁的地步，但三个女儿不同意，说此人来路不明，又信教，谁知道会不会里通外国？目前这位护士长已退休回她的老家上海，伯父托我趁去上海开会之便看看他的这个老朋友。我深知此行任务重大，甚至可能影响到伯父整个后半生，遂不敢掉以轻心，一到上海就按伯父给的地址找到了乌鲁木齐路。这显然是一座虽然破烂不堪却曾经华丽过的楼房，上下20多间，被政府分给了20多家互不相识的住户。护士长住在一间又冷又湿又小的偏房里。她略带歉意地说自己是这座房屋的唯一继承人，但却无力管理和修缮。她那教会学校式的明净和优雅与周围的肮脏杂乱形成了极其鲜明的对照。提起伯父，她大方而诚实，甚至直率地说，伯父希望她这次就和我一起回北京。这可超出了我原来的任务，不知伯父是否作了这样的准备，只好故地应答说，等北京那边布置好了，我再回来接她。她天真地相信我说的一切，兴高采烈地将我送了好远。

一回北大，我立刻去到伯父家。伯父见我一个人进门，立刻露出一脸怅惘失落的表情。这使我猜想在我离开北京后，伯父和护士长一定有了新的考量，决定她和我一起立即来京，也许就"快刀斩乱麻，把事情办了"，但却无法通知到在上海开会的我。这个上午伯父和我谈了很久，谈到我的伯妈是一个好人，但他们是表兄妹，并无真正的爱情。护士长是他第一个眷恋并期待和她终身相伴的女人。他们都爱好古典轻音乐，爱好山间的流水。他给我看一个非常精致的册页，每一页都有美丽的花边，中间则是一页护士长给他的信，字迹娟秀，厚厚的一叠，大概总有几十封。我深感失去了一次为伯父服务的难得的机会，心里很觉怅然，快快地回到家里。不一会，捶门声大作，三个堂姐妹还有他们的男性家属一齐冲进了家门。他们对我破口大骂，说我贪图他们的家财，说他们的父亲一定将他们母亲的珠宝送给了我，让我马上交出来！并下了最后通牒，再也不许进他们家的门，否则要告到党委，把我这个"翻天右派"揪出来。我当时确实还是一个与"革命群众"天差地别的"摘帽右派"，只有一副委曲求全，息事宁人的心态。从此我真的没有再踏进伯父的家门。当时曾心想如果伯父还有事找我，他自己一定会来。奇怪的是日复一日，伯父从来没有消息。很久以后，才听到保姆中间传言：伯父家为了这件事闹得天翻地覆，伯父得了一场重病，一直没有痊愈，直到1987年送进了医院，在医院里度过了孤独寂寞的最后岁月，只有保姆徐阿姨始终守候在他身边。1989年2月12日，伯父离开了人世，结束了他成就辉煌但也充满了遗憾的一生。

我的国文老师

抗战初期，我在从贵阳疏散到花溪的贵阳女中念完了三年初中。这个刚从城里迁来的学校集中了一批相当优秀的师资。我最喜欢的一门课是国文。老师是刚从北方逃难南来的一位下江人。我还清楚地记得她的名字叫朱桐仙。她也不愿住在学校附近，却在我们家那座小山上，比我们家更高一些的地方，租了两间农民的房子。她单身一人，家中却很热闹，常有许多年轻的来访者。母亲不大喜欢她，常在背后指责她走起路来，扭得太厉害，有故意卖弄风情之嫌。

朱老师很少照本宣科，总是在教完应学的单词、造句和课文之后，就给我们讲小说。一本英国汤姆斯·哈代的《德伯家的苔丝》，讲了整整一学期。那时我们就知道她的丈夫是一个著名的翻译家，当时还在上海，《德伯家的苔丝》正是他的最新译作。朱老师讲故事时，每次都要强调这部新译比旧译的《黛丝姑娘》好得太多，虽然她明知我们根本听不懂翻译好在哪里。在三年国文课上，我们还听了《微贱的裴德》《还乡》《三剑客》《简·爱》等。这些美丽的故事深深地吸引了我，几乎每天我都渴望着上国文课。

初中三年，我们每学期都有国文比赛，每次我都尽心竭力，往往几夜睡不好觉，总想得到老师的青睐，然而，不管我如何奋斗我从来就只是第二、三名，第一名永远属于老师的宠儿下江人葛美。她穿着入时，皮肤白皙，两只大眼睛清澈明亮。我对她只觉高不可攀，似乎连忌妒都不配。她也一向只和下江人说话，从来不理我们这些乡巴佬。

我们的国文课越上越红火了。大约在二年级时，朱老师在我们班组织了一个学生剧团，第一次上演的节目就是大型话剧《雷雨》。我连做梦都想扮演四凤或繁漪，然而老师却派定我去演鲁大海。我觉得鲁大海乏味极了，心里老在想着繁漪和大少爷闹鬼，以及二少爷对四凤讲的那些美丽的台词。由于演出相当成功，朱老师甚至决定自己来创作一出歌剧。她在课堂上大讲中国京剧如何落后，意大利歌剧如何高超。她终于和一位姓李的贵州农学院的讲师合作，写出了中国"第一部可以称为歌剧的歌剧"。在他们合作的过程中，李先生几乎每天都来朱老师家，他俩为艺术献身的精神着实令人钦佩。李先生会拉手风琴，会弹钢琴，朱老师构思情节并写歌词。他们常常工作到深夜，于是，人们开始窃窃私语。每逢李老师过我家门口，母亲总是对父亲悄然一笑。有一次母亲还一直熬到深夜，就为看看李先生究竟回家没有，我也使劲撑着眼皮，但却很快就睡着了，到底不知结果如何。

不管怎样，歌剧终于完成，并开始了大张旗鼓的排练。朱老师要求全班都学会唱歌剧中所有的歌，我们大家每天都得练到天黑才回家，这些歌也都深深刻进了我们童年的记忆。记得演出时，帷幕一拉开，就是伯爵登场，他轻快地唱道："时近黄昏，晚风阵阵，百鸟快归林。荷枪实弹，悄悄静静，沿着山径慢慢行……"他随即开枪，向飞鸟射击。一只受伤的小鸟恰好落在树林深处伯爵夫人的怀里，她于是唱起了凄凉的挽歌："鸽子呀，你栖息在幽静的山林。你整在天空飞翔，从东到西，从南到北，没有一些儿阻挡；鸽子呀，你哪知凭空遭祸殃，可怜你竟和我一样，全身战栗，遍体鳞伤，失去自由无力反抗……"正在此时，一位流浪诗人恰好走来，他唱着："异国里飘零，流亡线上辛酸，这生活的滋味像烙印般刻在我心上。每日里，痛苦鞭打着我，我饱受人间的冷眼讽言。我只能忍气吞声，我只能到处飘零。如今，我不知向何处寻求寄托，何处飘零！？"当然，两个不幸的人立刻同病相怜，随即坠入情网。后来，当然是伯爵一枪将诗人打死，伯爵夫人也就自杀身亡。

当时，这出"千古悲剧"真使我们心醉神迷。虽然所有角色照例都属于漂亮入时的下江人，但我们对于分配给我们的职务却是十分尽职尽责。记得我当时负责管道具，为了打扮那位伯爵夫人，把我母亲结婚时用的银色高跟鞋和胸罩（当时一般女人不用胸罩）都背着母亲翻了出来。

演出当然非常成功。露天舞台设在高高的土台上，后面是一片幽深的松林，当年轻美丽的伯爵夫人穿着一身白纱裙（蚊帐缝的），头上戴着花冠从松林深处幽幽地走向前台时，大家都不自由主地屏住了呼吸。

我就是这样爱上了文学，爱上了戏剧。

纪德与张若名

知道张若名这个名字是由于一个偶然的机会。当时，我正在研究异质文化相互理解沟通和互动的种种现象和问题。在广泛的资料搜索中，我突然发现法国著名作家，诺贝尔文学奖获得者安德烈·纪德（1869—1951）写给一位素昧平生的普通的中国留学生张若名的一封热情洋溢的信。他说："你无法想象你的工作（指对纪德的研究）给我带来了多么大的鼓舞和慰藉……通过你的大作，我似乎获得了新生。多亏了你，我又重新意识到自己的存在……您使拙作生辉，我感激之至！给你写信，就像对挚友一样，向你说出的'谢谢'，是真正发自内心的。"纪德与张若名过去远隔重洋，处境天差地别，他怎能如此引一个年仅20余岁的张若名为知音，又对她的博士论文《纪德的态度》给予如此发自内心的崇高评价呢？

我迫不及待地追寻张若名（1902—1958）的来历，得知她原来是五四时期天津学生运动的一位杰出爱国者。她14岁时考入天津第一女师，曾作为天津的正式代表两次赴京参加反"巴黎和会"签字的请愿活动，并加入进步学生组织觉悟社，写了许多代表了中国知识女性共同心声的文章。1920年11月她与周恩来等同船赴法勤工俭学，成为旅欧中国少年共产党的一员，1924年1月21日曾代表中共，参加法共里昂支部纪念列宁的大型追悼会，险些被法国当局驱逐出境，后来一直受到法国秘密警察的监控。与此同时，由于出身地主，她又一直在党内受到严格审查，甚至排挤。这两件事使她感到委屈和不平，加以同年，周恩来奉调回国，好友郭隆真赴苏联留学，张若名周围的革命工作已"布不成阵"，而当时的直接领导人任卓宣（叶青）又主观专断，作风粗暴，张若名一生酷爱自由，感到很难在他的指挥下工作，遂决心不再介入政治事务，于1927年考入里昂大学攻读博士学位。

张若名的学术主攻方向是"从心理学角度研究法国文学史和文艺理论"。她的指导教师塞贡（J.Segond）对她评价甚高，曾说"我不仅发现她是一名非常专心的学生，而且还思维敏捷，她的法语能力能洞悉细微的差别"。他还说："张若名的成绩是我们学院的光荣"。1930年12月15日，张若名顺利通过了博士论文答辩，她的论文不仅被评为最优秀成绩，而且获500法郎奖学金，这博士论文就是那篇著名的《纪德的态度》。

为什么张若名在众多的法国文学之星中，唯独选择了安德烈·纪德，并对他如此执着，如此看重，了解得如此之深呢？她自己说："当我年幼无知的时候，我就爱读纪德。我爱他那无边的孤寂，我爱他那纯洁的热情，我爱他那心灵里隐藏着的悲痛，我尤其爱他那含着辛酸滋味的爱情。"这"年幼无知的时候"是什么时候呢？张若名考入天津女师是 1916 年 14 岁，之后卷入轰轰烈烈的革命斗争，1920 年赴法勤工俭学。那么，这"爱读纪德"的年月只可能是十五六岁，感受力最强，生命力勃发的青春期。张若名写纪德不只是思想和理性分析，而是灌注了自己全部的生命和感情，因此她能看到许多别人未能发现的隐秘处。

《纪德的态度》共分 8 章：1."纪德人格的转变"；2."纪德的宗教信仰"；3."纪德与道德"；4."纪德对待感官事物的态度"；5."纪德的纳瑞斯主义[1]"；6."纪德象征主义美学观的形成"；7."纪德的古典主义"；8."现代人眼中的纪德"。最得到纪德赞赏的是以下几点：首先是"纪德的纳瑞斯主义"。纪德说："大作第五章特别使我感到欣喜。我确信自己从来没有被别人这样透彻地理解过。"张若名在这一章所强调的是作家如何能认识自己。她说："艺术家渴望了解自己，这迫使他去询问这条象征着他纯洁生命的清澈的河流，以求知他的美是否会延续一段时间"，然而奔腾的波浪使它们各异，特别是"从遥远的将来这个角度看，一些事物还是潜在的，而后它们却出现了，最后都成为了过去"。因此，通过对外物的分析来了解事物和自身是不够的，因为"我们作为认识的主体，事物作为认识的对象，是对立的"。张若名认为纪德超越了这种对立："通过内省，纪德发现了宇宙间的相互感应。他并不用感官去审视外部世界，而是把目光转向自己内

1　Narcissisme，自恋。

心的深处，在那里他能获得世界的印象"。总之是"通过内省，纪德发现了宇宙间的相互感应"，同时，"通过内省，纪德找到了作品的题材。"纪德在给张若名的信中，指出自己最欣赏的一句话就是："每当塑造一个人物，他总是首先使自己生活在这个人物的位置上。"张若名认为，纪德不断地塑造着各种人物，"是在一种难以置信的同情心的影响下，融合进了被他研究的那人的思想与感情，并且在内心重（新）创（造）他"，"纪德会放弃自己的意志，让位于他，站在他的角度来生活"，但有时也会摆脱他，而"使自己自由起来"。总之，这一切都是在内心的自省中完成。

纪德又说："在谈到古典主义和浪漫主义的下一章里，这一精辟的论点又有所发展：'……作品中的人物总不满足于已经实现了的。'关于风格的那些评论，还引用了福楼拜的作品，真精彩！"张若名在这一章中主要讨论纪德作品的风格。她认为浪漫派表达了一种自然而生的感情，并且加以夸大；古典派喜欢美好的形式，他们的语言高雅、清晰，并且使强烈的感情保持高度的平衡。她认为福楼拜曾想创造一种以固定的形式表达自由内容的风格，让古典派与浪漫派的理想协调起来。但是过于注意形式却扼杀了感情的自发性。"唯有纪德的风格，一面有讲究的形式，一面有自由的内容。丰富的情感充溢词句之间，精确娴雅的笔调，加情感以有章法的步伐。总之，作为古典派，他的句子服从理想与高雅的要求，但他又超出了古典派，赋予个人的感情以自由。他的风格随感情的发展而变化，其句法也与结构一同变化。"

关于这封信的最后一段，纪德说："对于您的研究，还有许许多多应该赞扬之处！我多么喜欢最后一章中第一节，那如此简洁的结语啊：'两种观点的对立并不意味着思想的中断。'也十分喜欢下一节的开头语……你自然而然地得出的结论，我认为是非常真实的。"对照张若名的原文，纪德所欣赏的那段结语出自张若名为纪德的多面性所做的辩护。她承认"纪德的逻辑中，充满着对立的东西，他不时改变观点，不断使自己的思想适应各种观点"，她说："假设纪德让自己的思想活动从某一观点跳到另一观点，使自己的思想适应几项（而不仅是一项）应遵循的准则，这又有什么了不起的？两种观点的对立并不意味着思想的中断！"也就是说不同的思想观点是可以和而不同，同时共存的。纪德所十分喜欢的"自然而然地得出的""非常真实的结论"则是《纪德的态度》全文最后的一句话："支配着他的，也是构成他的主要美德的，是自我的牺牲。"张若名引用纪德自己的话来论证这一点。在《陀思妥耶夫斯基》一书中，纪德说："牺牲自我使得那些对立的感情共居于陀思妥耶夫斯基的灵魂里。牺牲自我也保护和挽救了由对立的东西所构成的财富。"张若名解释说，当纪德的那些"对立的倾向相互碰撞而产生了一种不和谐之时，唯独一种美德能把这不和谐引向秩序：这就是牺牲自我。"纪德总是"坚信自身的力量寓于自我的牺牲之中，所以极力主张放弃自我"，这构成了纪德的性格和作品的关键。张若名对纪德的了解真是卓荦有独见。难怪纪德难抑满怀激情，要兴奋地向一位从未谋面的异乡年轻女子表白："通过你的大作，我似乎获得了新生。多亏了你，我又重新意识到自己的存在……"他"确信自己从来没有被别人这样透彻地理解过"。

1930 年 12 月 15 日，张若名顺利通过了博士论文答辩，1931 年元旦刚过，张若名就离开了里昂回国，随即被聘为北平中法大学文学院教授。抗日战争中她不愿与日本人有任何瓜葛，赋闲在家，只是编辑和翻译一些文字，直到 1948 年春，他们夫妇接受云南大学校长熊庆来的邀请，举家南迁，张若名任云南大学中文系教授，为中文系讲授文艺理论与世界文学史，并在外文系讲授法语。1955 年 4 月，时任国务院总理的周恩来出国访问途径昆明，还看望了张若名夫妇。1957 年，"反右"运动中，她因早年退党问题和一些莫须有的罪名而遭受迫害。更严重的是据说她为了向党无保留地敞开胸怀，把她唯一的爱子向她私自交谈的一些话也向党作了交心，而这些材料竟成了她的儿子被划为右派的根据。这等于出卖了自己的儿子，这是一位母亲绝对无法忍受的。她终于在 1958 年 6 月 18 日的反右批判会后，自沉于云南大学翠湖，结束了这不可理解的人生。

张若名和纪德的交往是一种遥隔千载，相距万里的异文化之间的交流。纪德所以感到张若名对他的论述如此新颖脱俗，"确信自己从来没有被别人这样透彻地理解过"，肯定与两种不同文化的交往有关。我们的确没有资料说明张若名读过多少中国古书，她也从不引经据典，但中国文化精神无疑植根于她的血脉之中，犹如植根在无数中国普通老百姓的血脉之中。上面引述的纪德最欣赏于张若名的三点：如强调自省，认为"一切都是在内心的自省中完成"；强调美好的形式，使强烈的感情保持高度的平衡；强调对立因素的共存，坚信克己可以促成新的发展。显然，这些都与中国文化的思维方式息息相关，而与法国文化的底蕴不完全相同。

张若名与纪德，他们之间真诚的彼此欣赏，亲密的情感交流，相互的深切理解，思维的息息相通，以及坦率的语言表达，虽从未谋面，却成就了异国心灵沟通的一对卓越的典范，非常值得我们进一步研究和开发。

忧伤的小径

　　要说描绘燕园之美，我想当今是没有一个人能赶得上季羡林先生的了。在先生笔下，燕园的美实在令人心醉。"凌晨，在熹微的阳光中，初升的太阳在长满黄叶的银杏树顶上抹上了一缕淡红"；暮春三月，办公楼两旁的翠柏"浑身碧绿扑人眉宇，仿佛是从地心深处涌出来的两股青色的力量。喷薄腾越，顶端直刺蔚蓝色的晴空"。两棵西府海棠"枝干繁茂，绿叶葳蕤"，"正开着满树繁花，已经绽开的花朵呈粉红色，没有绽开的骨朵呈鲜红色，粉红与鲜红，纷纭交错，宛如天半的粉红色彩云"；还有那曾经笑傲未名湖幽径的古藤萝，初绽出来的一些淡紫的成串的花朵，还在绿叶丛中微笑。我最喜欢的是先生笔下的二月兰！二月兰是一种常见的野花，花朵不大，紫白相间，花形和颜色都没有什么特异之处。然而，每到春天，和风一吹拂，校园内，眼光所到处就无处不有二月兰在。这时，"只要有孔隙的地方，都是一团紫气，间以白雾，小花开得淋漓尽致，气势非凡，紫气直冲云霄，连宇宙都仿佛变成紫色的了。"

　　先生居住在未名湖后湖之滨的朗润园多年，每天在这沿湖的小径上散步，欣赏着四周美丽的景色。1997 年，我也从中关园搬来，成了先生的近邻。但我已无缘再看到当年先生所写的美景。那棵"笑傲未名湖幽径"的古藤萝早已被人拦腰砍断，两棵"枝干繁茂，绿叶葳蕤"的西府海棠也已不见踪影。曾经"气势非凡，紫气直冲云霄"的二月兰，如今只剩下稀稀落落的几小丛，散布在癞痢头一般的荒草地上。随便进入北大校园剜野菜的人实在太多了，吃野菜也是时尚！二月兰首当其冲，它碧绿鲜嫩，又常是成片生长，便于人们一网打尽！

如今，先生已离我们远去，碧绿的未名湖后湖好像哭干了眼泪，已经全然干涸；先生手植，被周一良教授命名为"季荷"的荷花，曾经年年盛开，去年独独只开三朵，恰似为先生送行；今年由于湖水全无，湖底杂草丛生，勤劳的人们早已种上了老玉米。可怜的"季荷"已是玉殒香消，踪影全无。我不忍再走这条小径，我不能不想起先生的生前生后，物是人非，心里总是涌现出两句诗："好景已随先生去，此处空余朗润楼"！

辑四

中西诗学中的镜子隐喻

一

类比是人类认识世界的重要途径。一个比喻，如果偶尔提及，那只是在特定时间和空间说明某一问题；如果在某一领域被多次提到，并成为反复说明某种理论的依据，那么，它本身就成为构筑这一理论的组成部分。在这种情况下，研究这种比喻就成为理解这种理论的一个方面。在中西诗学中，镜子便属于这样一种比喻。

西方从柏拉图开始，就用镜子作为比喻来说明文学艺术的模仿特性。他认为艺术家就像旋转着镜子的人一样，"拿一面镜子四面八方地旋转，你就会马上造出太阳、星辰、大地、你自己、其他动物、器具、草木……"[1] 在他看来，绘画、诗歌、音乐、舞蹈、雕塑都是模仿，有如镜子中的景象。在柏拉图之后，镜子这个隐喻在诗学领域内长期被沿用，并派生了多方面的意义

---

[1] 柏拉图：《理想国》，《文艺对话集》，新文艺出版社1957年版，第112页。

和用法。

　　沿着柏拉图的思路，镜子被许多西方诗学家用来比拟映照出周围世界的艺术作品。相传曾是古罗马著名修辞学家的西塞罗有句名言，喜剧是"生活的摹本，习俗的镜子，真理的反映"[1]，这句话曾被广泛引用；荷马的史诗《奥德修纪》被称为"人类生活的明镜"[2]；莎士比亚被认为"应该受到这样的称赞：他的戏剧是生活的镜子"[3]。

　　但是，镜子隐喻毕竟是用两维的平面来反映多维的生活，当19世纪长篇小说兴起，所反映的生活更为复杂时，镜子的隐喻就被赋予了动态的性质。例如法国著名作家司汤达就说："一部小说是一面在公路上奔驰的镜子"[4]，意思是说文学应在运动中反映生活。卡夫卡在讨论毕加索的画时，更指出毕加索的艺术"是一面像表一样'快走'的镜子"，"记下了尚未进入我们意识范畴的变形"[5]。

　　然而，文学艺术毕竟不只是反映客观世界，它与作者的思想感情密切相关。16世纪英国诗人马洛已开始指出，诗歌不仅

1　这句话曾广泛被引用，相传出自古罗马演说家、修辞学家西塞罗（前106—前43）之口。参阅 G. G. 史密斯编：《伊丽莎白时期批评文选》第1卷，第369—370页。

2　亚里士多德：《修辞术》，《亚里士多德全集》第9卷，中国人民大学出版社1994年版，第503页。

3　塞缪尔·约翰逊：《莎士比亚戏剧集·序言》，《西方文论选》，上海文艺出版社1963年版，第527页。

4　转引自《诗与诗学百科全书》，普林斯顿大学出版社1986年英文版，第640页。

5　转引自冯宪光：《艺术毕竟是一面映照人生的镜子》，《文艺报》1990年6月30日。

反映周围的客观现实，同时也反映了诗人主观的心灵。他说："诗就像永不凋谢的花朵，从诗中我们可以看到人类智慧的最高成就，就像镜子中反映的一样。"[1] 浪漫主义的前驱，德国诗人歌德进一步借少年维特之口，喊出："啊！要是我能把它再现出来，把这如此丰富、如此温暖地活在我心中的形象，如神仙似的哈口气吹到纸上，使其成为我灵魂的镜子，就像我的灵魂是无所不在的上帝的镜子一样，这该有多好啊！"[2] 这里，歌德强调的是作品不仅反映外在世界，而且也反映作者的灵魂，而作者的灵魂又像镜子一样，映照着上帝的意志。英国浪漫主义诗人雪莱进一步指出："诗是生活的惟妙惟肖的意象，表现了它的永恒的真实。"他认为一个史实故事也可能像镜子一样反映现实，但那往往是模糊的，不够鲜明的，而且会以它的平淡歪曲了本应是美的对象："诗歌也是一面镜子，但它把被歪曲了的对象化为美"[3] 雪莱赋予镜子隐喻新的含义：这不是一面普通的镜子，而是能够把被歪曲的对象化为美的镜子，它只反映生活中的美好方面。列宁在谈到"托尔斯泰是俄国革命的一面镜子"时，他也是在不只一般反映而且反映某些本质方面这个意义上来应用镜子隐喻的。列宁提出问题说："把这位艺术家（指托尔斯泰）的名字与他所显然没有了解，显然避开的革命联在一起，初看起来，也许显得是奇怪和

1　转引自艾布拉姆斯：《镜与灯》，北京大学出版社1989年版，第363页。

2　同上书，第60页。

3　同上书，第196页。

勉强的。分明不能正确反映现象的东西，怎能叫它作镜子呢？"列宁指出，托尔斯泰的作品里"反映出革命的某些本质的方面"，"的确是我们革命中的农民的历史活动所处的各种矛盾状况的一面镜子"[1]。可见列宁所用的镜子隐喻也不只是反映浅层的现象，而且有深入反映本质的作用。

无论是反映周围生活，反映作者主观思想感情，还是反映美，反映本质，西方诗学都常用镜子来比喻作品。作为镜子，首先被强调的特征是逼真，不仅是表面的逼真，而且是实质的逼真；不仅逼真地反映外在世界，而且也逼真地反映内在心灵；不仅是静态的反映，也是动态的反映。

二

镜子，在中国诗学中也是一个贯穿始终，经常被用来说明文学艺术本质的隐喻。但是用法与西方很不相同。比柏拉图早一百多年，老子就已经用了镜子这个隐喻，他用镜子来比喻人心。《道德经》第十章："涤除玄览，能无疵乎！"高亨注说："览、鉴古通用……玄者，形而上也，鉴者镜也……玄鉴者，内心之光明，为形而上之镜。能照察事物，故谓之玄鉴。"[2] 老子认为人心

---

1 列宁：《列夫·托尔斯泰是俄国革命的镜子》，《马克思、恩格斯、列宁、斯大林论文艺》，北京大学中文系内部编印，1972年，第111、117页。
2 高亨：《重订老子正诂》，古籍出版社1956年版，第24页。

就像镜子一样，必须洗涤除尘，免去瑕疵。比柏拉图晚一百年左右，庄子进一步指出："至人之用心若镜，不将不迎，应而不藏，故能胜物而不伤。"[1]他认为人心能和镜子一样公正完美地反映周围的事物，而镜子所以能起这种作用，就因为它的不偏不隐。庄子又说："水静则明烛须眉，平中准，大匠取法焉。水静犹明，而况精神！圣人之心静乎！天地之鉴也，万物之镜也。"[2]只有保持一颗圣人才有的明静的心，才能细致、正确地理解世界万物，所以说："抱大圣之心，以镜万物之情。"[3]

自从佛教传入中国，镜子的比喻又多了一层含义，那就是空和虚。东晋时期的长安僧肇（385—414）认为："夫至人虚心冥照，理无不统，怀六合于胸中，而灵鉴有余；镜万有于方寸，而其神常虚。"[4]这显然和庄子所说的"至人之用心若镜"一脉相承。但他所强调的不仅是镜子"不将不迎"的正，和"应而不藏"的真，而是首先强调了镜子的虚。正因为镜子本身的空无一物，它才有"怀六合""镜万有"的可能；如果它先有了某种映像或污迹，就不能如实地反映世界了。

唐末，洞山良介禅师在他所传的《宝镜三昧》中更进一步认为，镜（心）、形（物）、影（镜像）三者都是虚幻，他说："如

---

1 庄子：《应帝王》。
2 庄子：《天道》。
3 《淮南子·齐俗》。
4 《肇论·涅槃无名论·妙存第七》。

临宝镜，形影相睹。汝不是渠，渠正是汝。"[1]形不是影，影却正是形。如果"以镜照镜"，虚幻的形影就会至于无限。《楞严经》和《华严经》都谈到佛教讲经场所，常在四面八方安置许多圆镜，"方面相对""使其形影，重重相涉""交光互影，彼此摄入"，以说明世间万物都是一理在镜像中的反映，有如"月映万川"：作为理的月，只有一个；作为事象，映于万川的月影，却可以无限。《宋高僧传》记载法藏和尚为了说明同一道理，曾取十面镜子，"八方安排，上下各一，相去一丈余，面面相对，中安一佛像，燃一炬以照之，互影交光，学者因晓刹海（瞬息万变的世界）摄入无尽之意"[2]。

类似的比喻道家也有。唐末道士谭肖所著《化书·道化第一》就说："以一镜照形，以一镜照影，镜镜相照，影影相传；是形也，与影无殊，是影也，与形无异。"总之，形影相照，全属虚幻。

三

中国诗学受佛、道的影响极深。当诗论家用镜子作为隐喻时，也是一方面强调其静，一方面强调其虚。明代诗论家谢榛就

---

1 普济：《五灯会元》，中华书局1984年版，第784页。
2 赞宁：《宋高僧传》，中华书局1987年版，第89页。

曾以镜子来比喻诗人之心。他说：

> 夫万景七情，合于登眺，若面前列群镜，无应不真。
> 忧喜无两色，偏正唯一心，偏则得其半，正则得其全。镜
> 犹心，光犹神也。[1]

除静之外，镜子的真与正也作为特征被强调出来。只有一颗纯真而正直的诗人之心，才能描绘出客观和主观的"万景七情"。用镜子来比喻诗人之心的静和真和正，这样的用法在中国诗学中经常出现。直到 20 世纪，著名现代诗人郭沫若，还在类似的意义上用了镜子的比喻。他说："我想诗人的心境譬如一湾清澄的海水，没有风的时候，便静止着，如像一张明镜，宇宙万汇的印象都涵映在里面……"[2]

不仅明静，还要虚空。明代哲人王阳明的弟子徐爱曾说："心犹镜也，圣人心如明镜，常人心如昏镜。"昏镜就是镜中已有他物而不能空明，因此，王阳明说："圣人之心如明镜，只是一个明，则随感而应，无物不照，未有已往之形尚在，未照之形先具者……只怕镜不明，不怕物来不能照。"有了"已往之形"或"先具之形"，镜子就成了昏镜，必须在"磨上用功"，"磨镜

---

1 谢榛：《四溟诗话》，人民文学出版社 1961 年版，第 71 页。
2 郭沫若：《论诗三札》，《沫若文集》第 10 卷，人民文学出版社 1959 年版，第 205 页。

而使之明"[1]。从诗学上来说，就是必须要有像明镜一样虚和空的心镜，才能写出好诗。因此，陆机强调创作之始，首先就要"收视反听"，才能"耽思旁讯"，才能"精骛八极，心游万仞"[2]。意思是说，只有不视不听，心不外驰，才可沉思广求，以至精神驰骛于八极，心灵浮游于万仞。苏东坡在《送参寥诗》中也说：

> 欲令诗语妙，无厌空且静。
>
> 静故了群动，空故纳万镜。

像镜子一样静和空的心境是审美创作的重要条件。

综上所述，中国诗学通常不是用镜子来比喻作品，而是比喻作者的心。如果说西方诗学的镜子隐喻强调的是逼真、完全、灵动，中国诗学的镜子隐喻是强调空幻、平正、虚静。

另外，中国典籍对镜子还有另一种用法，根据这种用法，镜子既不是喻作品也不是喻作者之心，而是比喻向作者提供作者自我形象的周围环境。墨子在他著名的论文《非攻》中，很早就说过："君子不镜于水而镜于人，镜于水，见面之容，镜于人则知吉与凶。"唐太宗也常说："夫以铜为镜，可以正衣冠；以古为镜，可以知兴替；以人为镜，可以明得失。朕常保此三镜，以

1　王阳明：《传习录》，《王阳明全集》，上海古籍出版社1992年版，第20、12页。
2　陆机：《文赋》。

防己过。"[1] 这和当代精神分析学代表人物拉康所说的"镜像阶段"当然有本质的不同，但用镜子隐喻来说明客体对主体的映照这一点却是相似的。拉康认为六个月至两岁半之间的儿童通过自己在镜子中的影像认识自己。最初，他把镜子中的影像看作一个现实事物，后来把它看作他人的影像，最后才把它与自己身体联系起来，主体形成了自己基本的人格同一性，因此，拉康说：

> 镜像阶段是一个戏剧，根据对空间的确认，这个戏剧的内在动力逐渐把儿童从身体的不完整形象导向我们称为他的身体的整体性的外科形状学的形式。[2]

后现代主义文学进一步认为，主体我这个概念正是由语言和社会赋予的，恰如镜子给儿童提供了自己的形象。动物没有语言，他们就很难知道自己是什么模样。人总是在语言和对他人（社会）的模仿中形成自己的自我。这和中国的"镜于人""镜于古"，也有某些相通之处。

钱锺书先生把中国和西方关于镜子隐喻的多层含义综合在一处，作了极富启发性的描述。在他的一篇早期论文中有这样一段意味深长的话：

1　转引自《太平御览》，中华书局 1960 年影印版，第 3177 页。
2　转引自《拉康结构主义精神分析学》，台湾远流出版公司 1988 年版，第 130 页。

　　我们对于世界的认识，不过是一种比喻的、象征的，像煞有介事的诗意的认识。用一种粗浅的比喻，好像小孩子要看镜子的光明，却在光明里发现了自己。人类最初把自己沁透了世界，把心缵进了物，建设了范畴概念。这许多概念慢慢地变硬、变定，失掉本来的人性，仿佛鱼化了石。到自然科学发达，思想家把初民的认识法翻了过来，把物来统治心，把鱼化石的科学概念来压塞养鱼的活水。[1]

"小孩子要看镜子的光明，却在光明里发现了自己"，这既包含拉康的"镜像阶段"的意味，也包含了中国的"镜于人""镜于古"的意味。关于鱼化石的比喻，进一步说明了各种通过语言表现出来的规范和模式原是人造的，开始时只是一种诗意的认识，后来却反过来僵化，固定了人的自我。"孩子在镜子里发现自己"应有两层含义：一层是说原属于非我的客观的一切概念，其实是人类自造的；另一层是说人类通过语言建设起来的范畴概念，有如镜子为人类的自我提供了模式。因为人类自我的形成无法离开语言和对他人的仿效。由此可见，孩子在镜子中所发现的自己，既是自己又不是自己，它包含着他人眼光中的自己，也包含他人认为自己应该是如此的自己。这里，镜子所比

1　钱锺书：《中国固有的文学批评的一个特点》，《文学杂志》第 4 期，1937 年 8 月。

喻的，就是形成和塑造（通过仿效）自我的语言和社会。

四

如上所述，中国和西方虽然用法不同，但都有把镜子喻为映照人类自身的客观世界的用法。前面所谈西方多以镜子喻作品，中国多以镜子喻人心，也无非是大体而言，事实上中国也有以镜子喻作品，西方也有以镜子喻人心的，但其用法也往往截然相异。例如意大利著名画家达·芬奇就曾明确指出：

> 画家的心，应该像一面镜子，永远把它所反映事物的色彩摄进来。前面摆着多少事物，就摄取多少形象。明知除非你有运用你的艺术对自然所造出的一切形状都能描绘（如果你不看它们，不把它们记在心里，你就办不到这一点）的那种全能，就不配做一个好画师。

他还强调：

> 画家应该研究普遍的自然，就眼睛所看到的东西多加思索，要运用组成每一事物的类型的那些优美的部分。用这种方法，他的心就会像一面镜子，真实地反映面前

的一切。[1]

显然，达·芬奇也是用镜子来比喻艺术家的心。但这和中国的用法全然不同，他强调的不是镜子的空、幻，恰恰相反，而是它反映复杂色彩、形象、类型的能力。中国诗学中也有用镜子来比喻作品而不是比喻作者之心的，如严羽《沧浪诗话》："诗者，吟咏情性也……如空中之音，相中之色，水中之月，镜中之象，言有尽而意无穷。"谢榛《四溟诗话》认为："诗有可解、不可解，若水月镜花，勿泥其迹可也。"这里虽然用镜子比作品，但所强调的仍然是空幻。明代诗论家胡应麟在《诗薮》中说：

> 譬如镜花水月：体格声调，水与镜也；兴象风神，月与花也。必水澄镜朗，然后花月宛然，讵容昏鉴浊流，求睹二者？

胡应麟把文学作品分成两部分，一部分是"体格声调"，即声调、格律、辞藻、章句等所构成的诗的载体（水与镜）；另一部分则是体现在这一载体之中的"兴象风神"，即诗人想要传达给读者的形象、兴味、联想、寓意、精神等等（月与花）。胡应

---

1 达·芬奇：《笔记》，《西方文艺理论名著选编》，北京大学出版社 1985 年版，第161 页。

麟认为，前者必须清朗、澄明，才能将后者加以呈现，虽用镜子比喻作品的形式，但强调的是明静，而不是西方诗学用镜子隐喻时通常强调的完全、逼真。

再拿"以镜照镜"来说，也可以看出全然不同的用法。例如德国新教教义的先驱者爱克哈特（Meister Eckhart，约1260—1327），德国著名的诗人、戏剧家黑贝尔（Friedrich Hebbel，1813—1863），爱尔兰伟大诗人、剧作家叶芝（William Butler Yeats，1865—1939）等，都曾用过"以镜照镜"的比喻。但他们都不是像佛典、道籍那样用这个例子来说明理和事的深奥玄理，而是用来说明并无创造力的相互模仿，例如叶芝说："你的通信人引我的话说辛格先生的作品过于文饰，满是以镜照镜反映出来的形象，他是正确的。"[1] 中国文论中也有类似叶芝的用法，清代李元复的《常谈丛录》就曾批评司空图的《诗品》以诗体谈诗艺难以充分说明，他说："《诗品》原以体状乎诗，而复以诗体状乎所体状者，是犹以镜照人，复以镜照镜。"[2] 但是，大部分中国诗家却在佛、道典籍的基础上用"以镜照镜"来比喻一种复杂交错的意境。正如钱锺书所说："己思人思己，己见人见己，亦犹甲镜摄乙镜，而乙镜复摄甲镜之摄乙镜，交互以为层累也。"[3] 他举了许多实例，最明显的如张问陶《船山诗草》第14

1　转引自钱锺书：《补遗》，《谈艺录》，中华书局1984年版，第371页。

2　李元复：《常谈丛录》，《谈艺录》，第371页。

3　钱锺书：《管锥篇》，第115页。

卷《梦中》："己近楼前还负手，看君看我看君来"；王国维《苕华词·浣纱溪》："试上高峰窥皓月，偶开天眼觑红尘，可怜身是眼中人。"其实，日本镰仓初期的禅师明惠上人关于月亮的一首和歌，也是同样的意思："心境无翳光灿灿，明月疑我是蟾光。"就是我以纯洁的心面对明月（甲镜摄乙镜），我是甲镜，月是乙镜；第二句"明月疑我是蟾光"，明月因我明静如月的心境，而误以为我就是月亮本身。作为乙镜的明月摄取了我（甲镜）的面对明月（甲镜之摄乙镜），而我（甲镜）又进一步理解了月亮对我的理解。这就有了三层意思：甲镜摄乙镜，乙镜摄"甲镜之摄乙镜"。这正是佛家所讲的"镜镜相照，影影相传"。这就不是叶芝所讲的反复模仿，而是钱锺书所讲的互为层累，层层相映，引向更为深邃的缥缈虚无。

五

为什么西方总是用镜子来强调文学作品的逼真、完全、灵动，而中国却往往用镜子来形容作者心灵的空幻、平正和虚静呢？为什么即使是西方艺术家也同样用镜子来比喻心灵，中国诗学家也同样用镜子来比喻作品时，其所强调的内容仍然如此不同呢？甚至用同一个比喻"以镜照镜"来比喻诗学现象时，其美学之间的距离仍然如此遥远呢？

这可能与传统的中西思维方式的不同有关。一般说来，西方传统思维方式往往强调主观与客观的二元对立。主体独立于客观世界并为它赋形和命名。认识世界是一个对外在于主体的客观对象进行观察、分析、切割、反映和综合的过程。人要超越自身，只有依靠外在的力量，如上帝的拯救。因此，西方诗学所强调的也就是如何逼真、完全、灵动地反映这一认识和超越的过程；中国传统思维方式认为主体与客体世界原属一体，所以强调"反求诸己"，强调"尽心、知性、知天"，"天道"本来就存乎人心，穷尽人心，乃知天理，对世界的认识不假外求，而只要从内心去发掘。人要超凡入圣，也无须从外在的力量去探求，而只要从人内在的本性去领悟。因此，最要紧的是一颗空灵、虚静、澄明的心。中国诗学所强调的也就不是如何去视、听、观察、反映世界，而是"收视反听，耽思旁讯"，也就是说，"不视不听，静思以求"。

　　另一方面，中国古人还常常用一种负的方式来进行思维。近人冯友兰先生认为："真正形上学的方法有两种，一种是正底方法；一种是负底方法。正的方法是用逻辑分析法讲形上学；负底方法是讲形上学不能讲。讲形上学不能讲，也是一种讲形上学的方法。"[1]例如画月，用正的方法画，则他不用线条或色彩来画月亮本身，而是在纸上烘云，即画许多云彩，而在所画的云彩中留一圆形或半圆形空白。他画的月亮正在他所不曾画的地方。

1　　冯友兰：《新知言》，《贞元六书》，华东师范大学出版社1996年版，第869页。

这种负的方法是中国传统的一种思维方式。在古远的《道德经》中，老子就举了很多例子，谈无的作用。例如说："埏埴以为器，当其无，有器之用。"意思是用陶土制成饮食的器皿，真正起作用的并不是陶器本身，而是陶器所构成的空间。中国传统诗学强调的也是"不涉理路，不落言筌""不着一字，尽得风流"等等，也就是说中国传统诗学主要关注的不是语言实体本身，而是语言所构成的各个层次的空间。因此，当用镜子来做比喻时，中国诗学首先强调的就是镜子的虚幻和空无一物。

综上所述，我们是不是可以说中西诗学关于镜子隐喻的不同用法，正是反映了中西思维方式和中西诗学着重点之不同呢？

作为《红楼梦》叙述契机的石头

石头是水的对立面，是坚贞不屈的象征，所谓"以水投石，莫之受也，以石投水，莫之逆也"。中国历史文献关于石头的记载很多：《晋书·武帝本纪》载："大柳谷有圆石一所，白昼成文"；《十国春秋·吴高祖世家天祐八年》载：有巨石"长七尺，围三丈余，七日内渐缩小，后只七寸"。《红楼梦》的想象显然都和这些记载有关。但石头的变异往往不是吉兆，它往往象征天下大乱，亲人离叛，特别象征绝嗣和后继无人。如《观象玩占》指出："石忽自起立，庶士为天下雄""石生如人形，奸臣执政，一曰君无嗣""石化为人形，男绝嗣"。另外，古人相信石的本体是土，云的根苗是石，如《物理论》认为："土精为石。石，气之核也。气之生石，犹人经络之生爪牙也。"《天中记》则说："诗人多以云根为石，以云触石而生也。"《红楼梦》贾宝玉与林黛玉的"木石前盟"，贾宝玉与薛宝钗的"金玉良缘"，贾宝玉与史湘云的"云石关系"等，都说明石头在《红楼梦》中有非常复杂的象征意义。

事实上，脂评本系统的 12 种版本中就有八种被命名为《石头记》，这正说明石头在《红楼梦》中的重要地位。那么，《红楼梦》中的顽石故事与主体故事之间的关系，以及石头在叙述中所起的作用又是怎样的呢？

《红楼梦》中有一个描写现实世界的主体故事，还有一个从幻想世界引入现实世界的顽石故事。《红楼梦》从顽石故事开头：大荒山青埂峰下，有一块女娲炼就的巨石，无才补天，所以幻形入世。从脂评中可以看到原书的结局应是："青埂峰下重证前缘，警幻仙姑揭情榜。通部情案，皆必从石兄挂号，然各有各稿，穿插神妙。"可见《红楼梦》以石头开始，又是以石头的"返本还原，归山出世"而告终结。

那么，这个顽石故事和主体故事是怎样联系起来的呢？联系的方式有二：在脂评本中，石头变成了通灵宝玉，在神瑛侍者入世时，夹带于中，来到世上。甲戌本84页，宝钗看宝玉的玉时，作者写道："这就是大荒山青埂峰下那块顽石的幻象。"顽石幻化为通灵宝玉，最后又幻化为顽石。在这种连接中，石头本身并不是主人公，不是剧中人，而是主体故事中所描写的悲剧和喜剧的旁观者和见证。在程刻本中，情形就不同了：顽石到赤霞宫游玩，变成了神瑛侍者，又入世变为贾宝玉，蠢物变灵物，灵物又变人。顽石不是旁观者而是当事人。顽石的经历就是贾宝玉的经历。看来第一种连接方式更接近作者原意。首先，顽石故事贯穿全局，并不只存在于开头和结尾；第二，正如脂评所说："通部情案，皆必从石兄挂号。"有些与贾宝玉自身无关的情节如二尤故事，鸳鸯抗婚等，作者总尽量让佩戴着"顽石幻象"的贾宝玉在场；第三，从脂评判断，原书后半部多写南方甄府之事（甲戌本第二回脂评："甄家之宝玉，乃上半部不写者，故此处极力表明，以遥照贾家之宝玉。"又庚辰本第 71 回脂评："好！一提甄事，盖真事欲显，假事将尽"）。而这块通灵宝玉先是被窃（甲戌本第 8 回脂评："塞玉一段又为'误窃'一回伏线"），后来被凤姐拾得（庚辰本第 23 回脂评："妙！这便是凤姐扫雪拾玉之处"），最后又由甄宝玉送回（庚辰本第 17 回脂评："《邯郸梦》中伏甄宝玉送玉"）。正是这块通灵宝玉目睹了南北两地甄、贾二府的生活，成为"真事欲显，假事将尽"的情节转折的关键。

顽石故事与主体故事，现实世界与幻想世界的交错联结使《红楼梦》的叙述方式显得十分复杂。这里有一个持全知观点的叙述者，他全知前因后果，过去未来，通晓青埂峰、赤霞宫、太虚幻境的神话世界，也了解甄府、贾府的来龙去脉。除他之外，还有一个更直接的叙述者，那就是"蠢物顽石"。他有时用作者参与的观点，直接出面，用第一人称来叙述，例如庚辰本 17—18 回："说不尽这太平气象，富贵风流，此时自己回想当初在大荒山中，青埂峰下，那等凄凉寂寞，若不亏癞僧、跛道二人携来到此，又安能得见此世面？本欲作一篇《灯月赋》《省亲颂》，以志今日之事……"（脂评：自"此时"以下，皆石头之语，真是千奇百怪之文）。"蠢物顽石"有时又用作者观察的观点，来记载自己的所见所闻。如甲戌本第六回："诸公若嫌琐碎粗鄙呢，则快掷下此书，另觅好书去醒目；若谓聊可破闷时，待蠢物（脂评：妙谦，是石头口角）逐细言来。"这个叙述者（石头）既不是故事主人公，如许多用第一人称叙述的小说；又不完全在故事之外，如许多用第三人称写的小说，它紧紧依附于主人公（贾宝玉和甄宝玉），是他们的象征和化身，用他们的思想观点来观察一切，并使他们和他们自己并不了解的前生与来世联结起来。这种很特殊的叙述的复杂性使《红楼梦》的结构有如一个多面体，由于不同层面的光线的折射，人们对作品的主题也就有了不同的理解。多年来，关于《红楼梦》的主题，有人说是写清朝政治，有人说是写色空观念，有人说是写作者自传、爱情悲剧、四大家族、阶级斗争……这些说法见仁见智，都有一定道理，但都不全面。如果从顽石故事与主题故事的联结来考察，就可以看到顽石不甘于荒山寂寞，羡慕丰富多彩的人间，于是幻形入世，享尽尘世的富贵荣华，也历尽了凡人的离合悲欢，终于感到大荒山青埂峰下，虽然凄凉寂寞，但却自由自在，无牵无挂，并无烦恼；人世间虽有许多赏心乐事，但瞬息万变，苦随乐生。顽石枉入红尘，不如还是归去。顽石的入世和出世正表现了作者对人生的一种看法和感受，而主体故事所展现的种种悲剧则反映了整个社会对渴望自由和幸福的无辜人们的残酷压迫及其本身无可挽回的衰亡与没落。从这个主题出发，反观《红楼梦》的结构，就可以发现正是石头联结着出世的幻象世界和入世的现实世界，而成为整个情节发展的契机。曹雪芹一生对石头情有独钟，他的《题自画石》一诗，隐约透露了他以石头为契机，构思《红楼梦》的消息。这首诗是这样写的：

　　　　爱此一泉石，玲珑出自然。

　　　　溯源应太古，堕世又何年？

　　　　有志归完璞，无才去补天。

　　　　不求邀众赏，潇洒做神仙。

　　　　　　　　　　——摘自富竹泉著《考室札记》手稿

鲁迅心中的中国第一美人
——漫谈沈复的《浮生六记》

像《浮生六记》中的芸，虽非西施面目，并且前齿微露，我却觉得是中国第一美人 。

——鲁迅

芸，我想，是中国文学上一个最可爱的女人……在芸身上我们似乎看到这样贤达的美德特别齐全，一生中不可多得。

——林语堂

今读其文，无端悲喜能移我情，家常言语反若有胜于宏文巨制者。此无他，真与自然而已。言必由衷谓之真，称意而发谓之自然。其闺房燕昵之情，触忤庭闱之由，生活艰虞之状，与夫旅逸朋游之乐，即各见于书。而个性自由与封建礼法之冲突，往往如实反映，跃然纸上。有似纭外微言，实题中之正义也。

——俞平伯

备受中国顶级文人赞美的芸是谁？以她作为女主人公的《浮生六记》是一部怎样的书呢？

《浮生六记》大约写成于清嘉庆十三年（1808）前后，现存《闺房记乐》《闲情记趣》《坎坷记愁》《浪游记快》四部分。这部书泯没了七十余年，首先被一个名叫杨引传的人在冷书摊上发现。杨引传的妹婿王韬，颇具文名，曾在上海主持《申报》尊闻阁。1877 年王韬首次以活字版刊行此书，是《浮生六记》最早的铅印本，有杨引传序和王韬的跋。杨引传序言中说"六记已缺其二"。王韬说少时（1847 年前）曾读过这本书，可惜没有抄写副本，流亡香港时，还常常怀念它。但他没有说少时曾见过全本。林语堂由此推论："1810 至 1830 年间，此书当流行于姑苏。"[1]并猜想"在苏州家藏或旧书铺一定还有一本全本"。

除以上四记外，另有《养生记道》《中山记历》二记，一般认为是伪作。近人发现沈复的同时代人，收藏家、书法家钱泳的《记事珠》手稿，其中《册封琉球国记略》或即录自《中山记历》。沈复很可能去过琉球。后来学者王益谦辑的《昭阳诗综》

1　林语堂序，见《浮生六记》昌文书局 1953 年第 8 版，第 3 页。

里，有沈复的朋友李佳言写的《送沈三白随齐太史奉使琉球律诗二首》。在《记事珠》中，钱泳两次提到沈复随齐太史等前往琉球，担任书记。《记事珠》手稿中有一段写到《浮生六记》："吴门（沈）梅逸名复，与其夫人陈芸娘伉俪情笃。迨芸娘没后，落魄无寥，备尝甘苦。就平生所历之事作《浮生六记》，曰静好记、闲情记、坎坷记、浪游记、海国记、养生记也。梅逸曾随齐、费二册使入琉球，引迹几遍天下，奇人也。"另外他还抄了《闲情记趣》中的一段。有可能他见过'六记'的原本。《记事珠》手稿中还有一段，谈及"嘉庆十三年（1808）前往琉球的事：十三日辰刻，见钓鱼台，形如笔架。遥祭黑水沟，遂叩祷于天后。"黑水沟是中国（清廷）与琉球国的分界线，琉球国西部领域是从姑米山（即现在冲绳的久米岛）开始的，显然钓鱼岛在中国领域内。因此这本"烂书"，日本人曾开价千万收购。可参阅彭令:《沈复浮生六记卷五佚文的发现及初步研究》（香港《文汇报》2008年6月）和台湾高雄师范大学蔡根祥的《沈复浮生六记研究新高潮——新资料的发现与再研究》。

　　《浮生六记》现有版本一百二十二种，已有三种英译本，还有德、法、丹麦、瑞典、日本、马来语译本。最早的英译本是1936年林语堂的汉英对照本，后来英国牛津大学出版社在1960年出版《浮生六记》英译本。80年代又有企鹅出版社的白伦和江素惠的英译本。该译本将由江苏南京译林出版社作为"大中华文库"之一种出版。

《浮生六记》全书采取了自叙传抒情散文的形式。作者沈复，字三白（1763—?），号梅逸，他不是什么斯文举子，也不是出身名门，他的父亲只是一个在小官吏、小商人家中教书写字的幕僚，沈复自己也不是饱读经史，身通六艺的名士，甚至从未参加过科考，而只是一个习幕经商，能书会画，生于小康之家的小知识分子。他的妻子陈芸，与他同岁，4岁失父，"家徒壁立。芸既长，长女红，三口（母、弟）仰其十指供给"。只因幼时口诵《琵琶行》，而后"于书篇中得《琵琶行》，挨字而认，始识字"。他们以表亲相识，13岁订婚，18岁结婚。

爱情和婚姻是陈芸和沈复生活乐趣的最重要的源泉。无论是西方作品或是中国小说，像《浮生六记》这样细腻地描写结婚后夫妻之间的眷恋和情趣的都很少见，很多作品都只写婚前恋爱的复杂过程，而结婚往往被写成这一过程的终结而一笔带过，甚至有人说"结婚是恋爱的坟墓"。但《浮生六记》却与此相反。正如胡适所说西方人的恋爱多在婚前，两情相好，越来越热烈，以至沸腾，爱情的顶峰是结婚。婚后却越来越平淡，习以为常，最后是各奔前程，索然寡味，或离婚，或寄情于他人。胡适认为中国的传统婚恋则是婚后再恋爱，由婚前的不相识，从冷淡到逐渐温暖，结婚是爱情的开始，有赖于婚后逐步熟悉的生活内容和相互扶持，因此比较长远。《浮生六记》是描写中国旧式婚姻生活的第一部自传体小说。

　　《浮生六记》所描写的婚姻关系所以如此之美，**首先**是因为女主人公陈芸的性格被写得很美，他们共同生活的基础是真诚的情。沈复 13 岁时遇到了陈芸，"两小无嫌，得见所作（指陈芸作诗）"，就深深地爱上了这个"形削长项，瘦不露骨，眉弯目秀，顾盼神飞。"能吟诗作画的小姑娘。"唯两齿微露，似非佳相"。当时沈复就向母亲提出："若为儿择妇，非淑姊不娶（陈芸字淑珍，长沈复十个月，故称淑姊）"。这个小姑娘逐渐成长为一个非常动人的女人，正如作者所说："一种缠绵之态，令人之意也消"[1]。

　　在《浮生六记》中，结婚不是爱情的终结而是爱情成熟的起点，是建立一个有共同理想和共同追求的和谐一致的共同生活的开始。三白和陈芸之间的爱情完全是中国式的，具有它的传统和独特的魅力。有关他们之间关系的描写主要在精神方面。他们谈古论今，吟诗作画，饮酒品茶；两位主人公的婚姻不仅出于真情，更重要的是依托于共同的理想和共同的情怀。他们都厌恶追名逐利，认为"布衣暖，饭菜饱，一室雍雍，优游泉石"就是最理想的"神仙生活"。[2]他们虽然穷，却都无意于功名利禄。三白终其一生是"偶有需用，不免典质，始则移东补西，继则左右支绌"。从无稳定的收入。这是因为他的社会地位，除科举一途

1　林语堂序，见《浮生六记》昌文书局 1953 年第八版，41 页。

2　同上，49 页。

外，不可能有上升的机会，而他又讨厌八股时文，看透了官场的虚伪。在作了几年幕僚之后，他更深感"热闹场中卑鄙之状，不堪入目"，所以决定"易儒为贾"。更重要的是他的人生理想和所禀性情决定他一生所追求的是一种恬淡自适，安宁和谐的家庭生活。无论在金钱和事业上，他都没有很强的进取心，只要能和妻子或几个好友"终日品诗论画""喝茶饮酒"就心满意足。他就是以这种不合作、不理睬的态度来傲视官宦权门的。芸的生活追求和他完全一致。他们被翁姑驱逐，衣食无着，寄居在朋友的废园，靠纺绩刺绣，作书卖画为生。回忆中他们都认为这是最自由、最美好的一段生活。他们共同制定了萧爽楼四忌：忌"谈官宦升迁，公廨时事，八股时文、看牌掷色。有犯必罚酒五斤"；萧爽楼四取：取"慷慨豪爽，风流蕴藉，落拓不羁，澄静缄默"。这就是他们的共同理想，也是他们的爱情和共同生活的基础。

他们爱情生活的主要内容是利用人生有限的时间和有限的条件来共同创造和享受生活的情趣和美。他们一起栽培盆景，一起静室焚香。"枫叶竹枝，乱草荆棘"经过他们的创造，都成了艺术品，"或绿竹一竿，配以枸杞数粒，几茎细草，伴以荆棘两枝"，也都"另有世外之趣"。再如三白"爱小饮，不喜多菜，芸为置一梅花盒，用二寸白磁深碟六支，中置一支，外置五支，用灰漆就，其形如梅花。底盖均起凹楞，盖之上有柄如花蒂，置之案头，如一朵墨梅复桌；启盖视之，如菜装于花瓣中。一盒六色，二三知己可以随意取食"，"夏月荷花初开时，晚含而晓放，芸用小纱囊撮茶叶少许，置花心，明早取出，烹天泉水泡之，香韵尤绝。"

苏城有南北园二处，菜花黄时，苦无酒家小饮；携盒而往，对花冷饮，殊无意味。或议看花归饮者，终不如对花热饮为快……芸雇一馄饨担，"以铁叉串罐柄，去其锅悬于行灶中，加柴火烹茶、热菜。先烹茗，饮毕，然后暖酒烹肴。是时风和日丽，遍地黄金，青衫红袖，越阡度陌，蝶蜂乱飞，令人不饮自醉。担者颇不俗，拉与同饮，游人见之，莫不羡为奇想。杯盘狼藉，各已陶然，或坐或卧，或歌或啸。红日将颓，余思粥，担者即为买米煮之，果腹而归。"

总之，他们夫妻都能最大限度地欣赏对方的创造和情趣。爱情，就存在于这种相互的欣赏之中。最难得的是陈芸热爱生活，即使在艰难的环境中也能充分领略和创造生活中的美与快乐。为了达到这一目的，她常是充满活力，无所畏惧，例如女扮男装去庙会观灯，假托归宁去太湖游览等。她博学多才，能诗能文，又巧于刺绣，使她爱美的性格得到了深广的开拓。

沈复深爱其妻，与陈芸一起生活，"情来兴到，即濡墨伸纸，不知避忌，不假装点。"[1]他大胆地、全无避讳地写出了他的真我、真情。在他们的洞房之夜，沈复写道："合卺后，并肩夜

<hr>

[1]　俞平伯：《〈浮生六记〉序》。

膳，余暗于案下握其腕，暖尖滑腻，胸中不觉怦怦作跳。"他们两人议论了一阵《西厢记》，之后，"遂与比肩调笑，恍同密友重逢，戏探其怀，亦怦怦作跳，因俯其耳曰：'姊何春心乃尔耶？'芸回眸微笑，便觉一缕情丝摇人魂魄；拥之入帐，不知东方之既白。"作者凭一股真情来写他的回忆，从不假装道学，避讳谈及他们肉体的亲密。沈复并不否认他的恋卧，也不隐藏他们"耳鬓相磨"，"亲同形影"的爱恋之情。这样的情爱描写婉转清丽，细腻而含蓄，全然是中国式的，可谓"乐而不淫"。因此，陈寅恪说："吾国文学自来以礼法顾忌之故，不敢多言男女间关系，而于正式男女关系如夫妇者，犹少涉及。盖闺房燕昵之情意，家庭米盐之琐屑，大抵不列于篇章，唯以笼统之词，概括言之而已。此后来沈复《浮生六记》之《闺房记乐》，所以为例外之创作。"

然而，他们的物质生活却一直是十分贫困的。他们共同面对贫穷、不幸和不公平的待遇。她从不怨天尤人，而是理智镇静地处置无法改变的事实。他们两次被父母逐出家门。第一次是因为芸在父母间代写家信，母疑其述事不当，父以为陈芸不屑代笔。又父欲置妾，密札致芸，倩媒物色，得姚氏女。这更惹怒了婆婆，加以各种细枝末节，终将陈芸逐出家门。当时陈芸生母刚亡故，弟弟出走下落不明，他们只好寄居友人之萧爽楼。时芸30岁。三白情愿和陈芸一起出走。他们没有怨恨，没有颓唐，而是在极其困难的条件下开创了自己共同的新生活，并认为这是他们最幸福、最自由的美好时期。

两年后，夫妻俩被准许回家。当时，陈芸已有血疾，自知生命不会太久长，她为沈复打算，想寻一"美而韵"者替代自己。于是定下一浙妓之女名憨园者为三白妾。后憨为强力者夺去，"芸血疾大发，床席支离，刀圭无效"，母以陈芸结盟娼妓，三白不思上进为名，于腊月二十六日五更，再次将他们赶出家门。他们只好到无锡朋友家度岁，并打发一儿一女出门：儿子当学徒，女为童养媳。在贫穷、不幸和不公平的逆境中，陈芸从不抱怨，而是理智镇静地处置无法改变的事实，有时甚至以一种幽默感出之，以减轻一点别人和自己所感到的沉重。例如她在病中被翁姑逐出家门，"将交五鼓，暖粥共之，芸强颜笑曰："昔一粥而聚，今一粥而散，若作传奇，可名'吃粥记'矣"，她虽然不富，但从不吝啬，经常为沈复"拔钗沽酒，不动声色"。为邻人担保借钱，祸及自身。他们总是互相体谅，力图减少对方的负担。沈三白始终挣扎在饥饿和贫困之中。经常是"奔走衣食，而中馈缺乏"。他经常失业，他和芸始终连自己的家也没有，总是寄居于朋友处，好不容易找到一个邗江盐署，代司笔墨的工作，他从朋友家里接来芸，"满望散心调摄，徐图骨肉重圆"，可是，"不满月，盐署忽然裁员"，他又在被裁之列。他有时在有钱人家里教孩子读书，但也常常"连年无馆"，只好"设一书画铺于家门之内，三日所获，不敷一日所出，焦劳困苦，竭蹶时形。隆冬无裘，挺身而过。芸因而誓不医药。"陈芸说："妾病始因弟亡母丧，悲痛过甚，继为情感，后由忿激，而平素又多过虑，满望努力做一好媳妇而不可得，以至头眩、怔忪诸症毕备。所谓病入膏肓，良医束手，请勿为无益之费。忆妾唱随二十三年，蒙君错爱，百凡体恤，不以顽劣见弃。知己如君，得婿如此，妾已此生无憾！若布衣暖，饭菜饱，一室雍雍，悠游泉石如沧浪亭、萧爽楼之处境，真成烟火神仙矣！总因君太多情，妾生命薄耳。"临死仍然谴责自己，为对方着想："君之不得亲心，流离颠沛皆由妾故，妾死则亲心自可挽回，君亦可免牵挂。堂上春秋高矣。妾死，君宜早归。如无力携妾骸骨归，不妨暂厝于此，待君将来可耳。愿君另续德容兼备者，以奉双亲，抚我遗子，妾亦瞑目矣！言至此，痛肠欲裂，不觉惨然大恸……继而喘渐微，泪渐干，一灵飘渺，竟尔长逝！"

"当是时，孤灯一盏，举目无亲，两手空拳，寸心欲碎！绵绵此恨，曷其有极！承吾友胡省堂以十金为助，余尽室中所有，变卖一空，亲为成殓。呜呼！芸一女流，具男子之襟怀才识。归吾门后，余日奔走衣食，中馈缺乏，芸能纤悉不介意。及余家居，维以文字相辨析而已。卒之疾病颠连，赍恨以没！谁致之耶？余有负闺中良友，又何可胜道哉！"后来三白将陈芸葬于扬州。因三白之弟启堂不容陈芸回苏州故里。

从为人方面来讲，沈复这类知识分子有他们自己的价值标准。他引以自豪的是自己"一生坦直，胸无秽念"，因此无所畏惧；他继承着中国士大夫清高的传统，"凡事喜出己见，不屑随人是非"。他强调"大丈夫贵乎自立"，对家产毫无所求，而且生性慷慨，虽然自己不富，却总是尽其所有帮助别人。当芸刚离别人世时，三白非常悲哀，他在芸的墓地上暗祝："秋风已紧，身尚单衣。卿若有灵，佑我图得一馆，度此残年，以待家乡信息。"他果然谋得一个代课三个月的位置，"得备御寒之具"。但当他的朋友"度岁艰难"，向他商借时，他就把所有的钱借给他，并说："此本留为亡荆扶柩之费，一俟得有乡音，偿我可也。"而乡音殊杳，这笔钱也就无从收回。

沈三白和其他文学作品中的零余者一样，无益也无害于社会，常常因为坚持他们不合于社会习俗的道德原则而被社会所压，为小人所欺。如三白的兄弟启堂就是这样的小人，由于他的奸诈挑拨，芸曾被翁姑逐出家门。他又担心三白可能回家分家产，多设诡计阻挠，不报父亲之丧，并花钱雇人向三白逼父债，最后，又说"葬事乏用"，要借一二十金。三白则完全无力保护自己，如无朋友指点，就会把"代笔书券"得来的二十金"倾囊与之"。这类知识分子迂阔而不懂世事，受欺而无反抗之心。芸多次受到莫须有的冤枉和不公平的待遇，他虽然和她站在一边，一起被逐出旧家，但始终不敢站出来，为芸说一句话，总是一再容忍退让。这使他的生活很不幸，但却又无法认识这不幸的原因。三白不能理解像他这样一个与世无争的好人，"人生坎坷何为乎来哉？"他以为这是由于他的"多情重诺，爽直不羁"和没有钱，以至"先起小人之议，后招同室之讥"。但这只是现象，他不能认识到根本的原因是社会的不合理和他自己对这种不合理的容忍，由于他们无力改变客观世界，就只能在主观世界中寻求解脱：或逃遁于个人的感情生活，或浪迹于大自然。

陈芸在中国文学的女性人物画廊中是一个美丽而特殊的形象。女性这个符号在中国文化中，也像在其他文化中一样，有着极其复杂的内涵，她们没有自己的话语，并且一向由男性定名、规范和解释。芸既不是绝代佳人、贤妻良母，也不是侠女英雄，她在很多方面突破了贤妻良母的规范，得罪公婆，自作主张，创造自己的美好生活，真诚的爱是她生活的基础。她从不掩饰自己对丈夫的爱和对被侮辱与被损害者的同情，她宁可忍受一切痛苦，也决不向压迫者低头求饶。但她也不是对"男主外，女主内""男尊女卑"这种社会体制的颠覆者。几千年来，无论在东方还是西方，这种结构体制统治了整个社会。芸在这种体制内创造了一种不同于旁人的、我行我素的、以真诚爱情为基础的二人生活，虽然受尽折磨也不改初衷！

林语堂说："我在这两位无猜的夫妇的简朴生活中，看他们追求美丽，看他们穷困潦倒，遭不如意事的折磨，受奸佞小人的欺负，同时一意求浮生半日闲的清福，却又怕遭神明的忌……两位平常的雅人，在世上并没有特殊的建树，只是欣爱宇宙间的良辰美景，山林泉石，同几位知心友过他们恬淡自适的生活——蹭蹬不遂，而仍不改其乐。"三白和陈芸创造的二人生活提醒我们，在婚姻的进程中需要不断充实和完善自己，形成一个不断进取的、丰富而美好，也更富于魅力的精神世界。女性并不一定要在与男性的对立中来发现自我。为了解决人类面临的复杂问题，男性和女性之间并不需要对抗，而是需要更多的合作。预期在21世纪，以夫妻真诚的爱为基础，而排除物欲功利的、男女平等共生的新的模式将代替"男主外，女主内""男尊女卑"（其新的表现形式是"学得好，不如嫁得好"）等旧模式，并对西方片面的女性主义也有所修正。在这个意义上，《浮生六记》所描述的快乐而不幸的家庭婚姻仍能给我们很多启示。

情之所钟正在我辈

——读《世说新语》随记之一

　　《世说新语》是第一部反映中国知识分子（包括文人学士、骚人墨客之类，并非西方严格意义上的知识分子）生活的散文、杂感、小说、笔记的结集，大约成书于公元 424 年至 450 年间，作者刘义庆。据《宋书》卷 51 所载，刘义庆（403—444），"少善骑乘，及长，以世路艰难，不复跨马。招聚文学之士，远近必至，"遂成此书。纵观全书，各段故事之间并无联系，观点也不全一致，有时也有重复抵触之处。鲁迅早就推断这本书，"或成于众手"，是很有道理的。

　　鲁迅在《中国小说的历史的变迁》中，将魏晋时期的短篇小说分为"志人"和"志怪"两种。志人小说是指"记人间事者"。这种"记人间事"的短文，春秋时代就有，但多被用来喻道或论政。《世说新语》式的、为"赏心而作"的、"远实用而近娱乐"的"志人小说"，则"实萌芽于魏而大盛于晋"，鲁迅认为这类小说"虽不免追随俗尚，或供揣摩，然要为远实用而近娱乐矣"。正因为《世说新语》这种"远实用而近娱乐"的特点，故能以极其细腻生动的细节，毫无顾忌地展现出汉末到晋宋间，社会的大变动所带来的思想上的大解放，以及知识分子所追求的理想境界，所欣赏的生活方式，所执着的人生态度，所赞美的言谈举止等等。这一切都和两汉大异其趣，而呈现出崭新的时代风貌，尤其是魏晋文人的特殊风貌。

宗白华先生曾指出，魏晋时代是一个社会秩序大解体，旧礼教总崩溃的时代。它的特点是"思想和信仰的自由和艺术创造精神的勃发"，这是一个"强烈、矛盾、热情、浓于生命彩色的时代"。这个时代前无古人，后无来者。它之前的汉代，"在艺术上过于质朴，在思想上定于一尊，统治于儒教"；它之后的唐代，"在艺术上过于成熟，在思想上又入于儒、道、佛三教的支配"。宗白华先生认为："只有这几百年间是精神上的大解放，人格上、思想上的大自由"的伟大的时代。[1]

这大自由首先表现为突破层层礼仪名教的束缚，珍视真情，一任真情的流露和奔放。庄子认为能够"达于情而遂于命"的人，就是圣人，而最"可羞之事"乃是"以利惑其真而强反其情性"。[2] 也就是因为利益而以假乱真，强制自然之情性服从于某种利害的打算。

儒家的看法与此不同。儒家提倡的情，首先表现为父母儿

---

1 《宗白华全集》第 2 卷第 270 页，安徽教育出版社 1994 年。
2 《庄子·盗跖第二十九》。

女之间天生的亲情。有了这种爱自己亲人的感情，才会"推己及人"，做到"老吾老以及人之老，幼吾幼以及人之幼"，而建构成社会。因此，情是社会人生的出发点。但既是"推己及人"，己和人就必然有所不同，也就是爱有差等。有差等，就必然要对这种差等有所规范，使人各安其位，以维持社会的稳定。这种规范就是礼。因为礼是从亲亲开始的，因此儒家强调，礼不是凭空制订而是从情而生。太史公也说："观三代损益，乃知缘人情而制礼。"[1] 然而，礼一旦形成并得到巩固，就反过来，对情加以严格限制。这种现象在文学中表现得尤为突出。中国文学的经典《毛诗序》指出，诗的本质是情，"情动于中而形于言，言之不足故嗟叹之，嗟叹之不足故咏歌之……"但紧接着就说，任何情都必须"止乎礼义"。"发乎情，民之性也；止乎礼义，先王之泽也。"这一原则成了中国文学写情时不可逾越的界限。这种社会对情的压制在中国小说中无所不在。

《世说新语》所反映的魏晋时期的文人生活确实是真情对礼和所谓名教的极大冲击和解放。这种真情首先表现于对自己的真情实感不加伪饰。在《伤逝》一篇中，这类的故事很多，例如："王仲宣好驴鸣，既葬，文帝临其丧，顾语同游曰：王好驴鸣，可各作一声以送之。赴客皆一一作驴鸣。"在庄严悲痛的葬礼上，竟由文帝带头，一人吼一声驴叫！这真是唯真情，而对礼

---

1 《史记·卷二三·礼书第一》。

教不屑一顾了！阮籍的母亲去世，他完全不顾世俗礼仪，"蒸一肥豚，饮酒二斗"，然后临穴永诀，举声一号，呕血数升，废顿良久。喝酒吃肉只是表面形式，与阮籍内心锥心泣血的悲恸毫不相干！他根本认为礼法之类就不是为他那样的人而设。有一次他和即将回娘家的嫂嫂告别，有人以"叔嫂不通问"的礼法来讥诮他，他干脆公开宣称："礼岂为我辈设耶？"作为这类故事，没有比刘伶的"纵酒放达"更夸张的了！刘伶"脱衣裸形在屋中"，人们讥笑他，他却说，我以天地为房屋，住室为衣裤，你为何进入我的裤裆里来了？

貌视礼法陈规，按自己内心的意愿和感受行事，这就是魏晋时期《世说新语》人物所追求的真情，也是他们行为的最高准则。王戎说："圣人忘情，最下不及情。情之所钟，正在我辈。"意思是说，圣人太高超了，他们已超越常人之情，而最下层的人又太迟钝麻木，难以到达情的境界，只有《世说新语》中的文人才是情的集中表现。关于圣人有情还是无情，曾是魏晋玄学辩论中的一大主题。对《世说新语》中人来说，情占有了他们思想和生活中很重要的地位。

《世说新语》还强调了另一种与大自然相触而产生的情——悲情。因自然之永恒和人生的短暂所引发的无奈和悲伤感怀是古今中外文学、哲学的一个普遍主题，《世说新语》写"桓公北征经金城，见前为琅琊时种柳，皆已十围，慨然曰：木犹如此，人何以堪！攀枝执条，泫然流泪"。桓温是个武人，曾封征西大将军，他的感慨是出自内心的真情，这就是"对宇宙人生体会到的至深的无名的哀感"。后来庾子山写《枯树赋》对此很有共鸣，赋的末段正是："昔年种柳，依依汉南，今逢摇落，凄怆江潭，树犹如此，人何以堪？"这种从宇宙人生引申而来的悲情大大增强了《世说新语》故事的哲学意味。

逍遥放达，"宁作我"

——读《世说新语》随记之二

　　淡薄于世事，崇尚自然，追求逍遥放达是《世说新语》故事的另一个重要主题。这也是魏晋玄风的一个重要特色。魏晋"玄远之学"，有两个含义：一为远离具体事物，讲本体之学；二为远离世俗事务，讲清谈虚性。魏晋文人渴望远离世务，讲求本体，这一方面是他们渴望认识世界的心灵的追求；另一方面，也是当时险恶的社会环境所决定的。正如《晋书·阮籍传》所说："魏晋之际，天下多故，名士少有全者。"刘义庆编撰《世说新语》也正是因为世路艰难而另求寄托。《世说新语》中人物很少有不死于非命而得终天年的。许多有识之士，甚至嵇康、孔融那样的杰出人物，也都难逃成为政治牺牲品的命运。因此，他们提出"宁作我"，就是在一切情况下都宁可作为自己，而不阿世随俗。

　　这种对于逍遥放达的向往首先是出于对自我的肯定。先秦两汉以来，儒家一直强调人只能镶嵌在与他人的关系中才能生存。作为儒家理论核心的"三纲五常"严格地规定了人与人之间应该遵循的关系。"越礼"的行为受到社会礼教的极大压制和迫害，这种压制和迫害不仅是外在的，而且渗透到人的内心深处，成为难以摆脱的对人性的桎梏。《世说新语》中的魏晋文人特别追求摆脱这种桎梏，以求得自我的精神自由。他们强调成为自己，追求拥有区别于常人和常理的独特个性。他们的处世原则是"宁作我"。《世说新语》曾记载了一个故事：桓温和殷浩年轻时曾齐名，常有竞争之心。有一次，桓温问殷浩，"你比我怎样？"殷浩说，"我与我周旋久，宁作我。"意思是说"我从来就是我自己，我宁愿作我自己"。"宁作我"，就是要突出自己与众人不同的个性。当时清谈的重要内容之一就是品藻人物个性，加以臧否评述。这些品评有时虽也分高下，但大多是突出个性特点，正如刘瑾所说："楂、梨、橘、柚，各有其美。"

魏晋时人虽有不同个性，但却有一个最大的共同点，就是追求自由的精神世界。追求精神自由，首先就要突破名利的桎梏。《世说新语》一则著名的故事是说，在大司马齐王处做官的张翰，在洛阳忽见秋风起，一心想吃吴中的菰菜羹、鲈鱼脍，于是说："人生贵得适意尔，何能羁宦数千里以要名爵！遂命驾便归。"为了求得适意，为了好吃的菰菜、鲈鱼，张翰真是视官爵名利如敝屣！再如郗太傅要找个女婿，遂遣门生送信到丞相王导家去求亲，王导让来人自己去东厢房随便挑选。门生回来报告郗太傅说："王家诸郎，亦皆可嘉，闻来觅婿，咸自矜持。唯有一郎，在床上坦腹卧，如不闻。郗公云：正此好。访之，乃是逸少，因嫁女与焉。"这个坦腹东床的人，正是王羲之（号逸少）。他对到豪门贵族当女婿的事毫不动心，依然坦腹高卧，如此不计名利，也不装腔作势，反而为郗太傅所看重，并以此招为女婿。

要得到精神自由，除挣脱名缰利锁之外，还要能对于外界之事毫不在意，做到荣辱不惊。《世说新语》记载过这样一个故事，说有一次，和尚支道林要回会稽，朋友们长亭相送。这时，长史蔡子叔先来，座位靠近支道林；谢安的弟弟谢万后来，离得远一些。正好蔡子叔有事起身外出，谢万就坐了他的座位。蔡子叔回来见谢万占了自己的座位，就连座位带谢万一起掀翻在地，重新坐回原来的位子。谢万的帽子、头巾都摔掉了，按说，这个豪门贵族大失面子，应该怒发冲冠的吧，但他却"徐起振衣就席，神意甚平"，并无发怒懊丧的意思。坐定之后，还对蔡子叔说："你真是个奇人，差点摔坏了我的脸。"蔡子叔竟说："我本来就没有考虑过你的脸。"在这样的情况下，本来就"才气高峻，早知名"的谢万本可以大打出手，然而，出乎意料，竟然"其后，二人俱不介意"。这才真正体现了荣辱不惊的胸襟。能做到荣辱不惊，首先因为他们内心有非常强固的自信，绝不是强作镇静。他们不计较荣辱，但也不故作谦虚。有一次，桓温来到都城，问刘惔，"听说会稽王司马昱在清谈方面有极大的进步，是真的吗？"刘惔说："是有很大进步，但仍然属于二流人物。"桓温又问："那第一流的人物又是谁呢？"刘惔说"当然是我这样的人啦！"他们直言自我，从不隐瞒自己对自己的真实评价，也从不掩饰自己对某些人的厌恶。例如，有一次孔愉和孔群同行，在御道上碰到了品格不高的匡术，孔群连看都不屑一看，就说："鹰化为鸠，众鸟犹恶其眼。"匡术大怒，拔刀就要杀他。幸而孔愉一把抱住匡术说："族弟发狂，卿为我宥之，始得全首领。"这样，人与人之间的关系比较坦率真诚，去掉了许多虚伪的客套和伪饰。

魏晋名士不仅不受名利荣辱的拘牵，而且也不为物累，不受物欲的局限，也不受世俗礼法的约束。《世说新语》中，有关王子猷（即王徽之）的四个故事很有代表性。他们不为什么固定的目标而卖命，而往往把生活看成一个过程，适意而已。这方面最著名的一个故事就是王子猷夜访戴安道："王子猷居山阴，夜大雪，眠觉开室，命酌酒，四望皎然。因起彷徨，咏左思《招隐诗》。忽忆戴安道。时戴在剡，即便夜乘小船就之。经宿方至，造门不前而返。人问其故，王曰：吾本乘兴而行，兴尽而返，何必见戴？"王子猷看重的是一路访友的心情和过程，至于是否达到见面的目的，其实并不重要。王子猷还有一个故事，是说他有一次来到都城，停留在岸边。过去他曾听说桓伊善吹笛，但和他并不相识。那时正值桓伊从岸上过，有人告诉王子猷，这便是桓伊。"王便令人与相闻云，闻君善吹笛，试为我一奏"。当时，桓伊已很显贵，也知道王子猷的名声，便回车下来，坐在胡床上，为王子猷吹了三支乐曲。吹完，便上车走了。彼此没有说一句话，只有心灵的交往。有一次，王徽之去拜访曾任雍州刺史的郗恢，郗恢从边境带回一张名贵的毛毯，王徽之拜访时，郗恢正在内室，王徽之喊着郗恢的小名说："阿乞那得此物？"就叫人把毛毯扛回家了。郗恢也无所谓，并不以为忤。又有一次，"王丞相作女伎，施设床席。蔡公先在座，不说而去，王亦不留。"总之，取舍随意，来去自由，无视世俗礼法！不为名利，不惊荣辱，不为物累，也就是将生命看成一个自然过程，不为任何既成的内在或外在目标所束缚。

要真正做到不受任何束缚，关键就在于内心的无所求。佛家所谓人生八苦：生、老、病、死、求不得、爱别离、憎厌聚、五蕴盛，都是人生苦恼的根源，而求不得是其中最持久、最深刻的痛苦。因此，魏晋文人把超旷世事的根本定为忘求。正是王羲之所说"争先非吾事，静照在忘求"。这就是宗白华先生所讲的"截然地寄兴趣于过程本身而不拘泥于目的，显示了晋人唯美生活的典型"。[1] 魏晋人认为只有这样，才称得上获得了真正的精神自由！以上的种种事例都是内心真正一无所求，才能做到的。

---

1 《宗白华全集》第2卷，279页。

魏晋女性生活一瞥

——读《世说新语》随记之三

魏晋文人的生活态度和精神追求改变了社会，特别是改变了上层社会的一代风习。这首先表现为女人有了比过去更为自由的地位。她们无须再严格遵守"笑不露齿""非礼勿视""非礼勿动"之类的教训，获得了一定的自由，可以比较自由地表达自己的想法。

《世说新语》记载了一个很有趣的故事，说"潘岳有姿容，好神情"。少年时，带着弹弓在洛阳道上走，"妇人遇者，莫不连手共萦之"。也就是女人们无不手拉手，把他围起来。《晋书·潘岳传》还说，围起来之后，大家"投之以果"，以他"满车而归"。与之成对比的是："左太冲绝丑，亦复效岳游遨，于是群妪齐乱唾之，委顿而返。"显然，妇女们并不是被关在家里，而是可以在大街上逛，还可公开表现自己的好恶，并付诸行动，简直有点像今天的追星族了！不仅如此，妇女还可以随意登上城楼，观看军事演习。荆州刺史庾翼出门未归，他的妻子和岳母到安陵城楼上去观赏风景。不一会儿，庾翼回来。"策良马，盛舆卫"，岳母阮氏对女儿说："闻庾郎能骑，我何由得见？妇告翼，翼便为于道开卤簿盘马，始两转，坠马堕地，意色自若。"庾翼在岳母和妻子面前，于大街上摆开仪仗队跑马，没想到刚两圈就掉下马来，这当然是很失面子的事。但庾翼竟也不以为意，神色自若。这个故事说明当时的妇女可以独自随处游玩，甚至随意登上城楼，甚至要求丈夫为她们当众表演军事操练！而人与人之间或男女之间也不因面子问题而过于紧张。还有一个故事说，曾经官至中书郎、东阳太守的庾玉台娶了当时显贵桓温的侄女（名女幼）为儿媳。庾玉台的哥哥犯罪问斩，庾玉台也应被处死。女幼赤着脚就往伯父家里跑，门卫不让她进门，她就大声斥责："是何小人？我伯父门，不听我前！因突入，号泣请曰：庾玉台常因人，脚短三寸，当复能作贼不？"桓温于是赦免了庾玉台一家。这个故事也说明了当时女性的独立自主，泼辣勇敢，不畏人言。

从《世说新语》的描述来看，女性对知识文化的接触和修养也远比过去为高。如一则著名的故事，说"郑玄家奴婢皆读书"，有一次，郑玄对一个婢女发怒，罚她站在泥地上。一会儿，另一位婢女过来，就用《诗经》中《式微》一篇的诗句嘲笑她："胡为乎泥中？"被罚的婢女也用《诗经》中《柏舟》一篇的诗句回答她："薄言往诉，逢彼之怒。"在上层妇女中，具有文化知识的人就更多了。谢安的侄女谢道蕴就是其中的知名者。有一次，"谢太傅寒雪日内集，与儿女讲论文义。俄而雪骤，公欣然曰：白雪纷纷何所似？兄子胡儿曰：撒盐空中差可拟。兄女曰：未若柳絮因风起。公大笑乐。"这位兄女就是著名的才女谢道蕴。按照《世说新语》的描写，谢道蕴是一个心直口快，才华出众的女性。她嫁给了王羲之的第二个儿子左将军王凝之。这个王凝之笃信五斗米道，孙恩起兵攻打会稽时，王凝之坚持已请鬼兵，无须防备，后为孙恩所杀。谢道蕴自结婚起就看不上自己的丈夫，回到娘家非常不高兴，公开对丈夫十分鄙薄，以至谢安安慰她说："王郎，逸少之子，人才亦不恶，汝何以恨乃尔？"谢道蕴说自己的叔叔辈和从兄弟都是很优秀的人物，没有想到天地之间竟还有王郎这样的人！当时谢道蕴名气很大，常是被赞美和崇拜的对象。例如，谢道蕴的弟弟谢玄就极其崇拜自己的姐姐。谢玄与张玄齐名，时称南北二玄。而谢玄"绝重其姊，张玄常称其妹"，难分上下。有一位"并游张、谢二家"的济尼评论她们二人说，谢道蕴"神情散朗，故有林下风气"，张玄妹"清心玉映，自是闺房之秀"，充分映衬出谢道蕴的才气横溢，开朗旷达。

《世说新语》中的女性多是有识见、有操守、有聪明才智之人。例如书中记载了因不愿贿赂画工而背井离乡，到边疆和番的王昭君；不怕拷问，为自己申辩的班婕妤；不畏权势，责骂魏文帝"取武帝宫人自侍"的卞后等等。由于妇女有了较多的知识修养，妇女间的关系相应也有了一定改善。例如妯娌关系一向是最难相处好的，《世说新语》中有一则故事，说王湛和王浑是两兄弟，王浑娶的是门第很高的太傅钟繇的曾孙；王湛年轻时无人提亲，他看见郝普的女儿常在"井上取水，举动容止不失常，未尝忤观，"就娶了她。于是"钟、郝为娣姒（妯娌）"。这两位门第相差很远的女人竟然能"雅相亲重，钟不以贵陵郝，郝亦不以贱下钟；东海家内，则郝夫人之法，京陵家内，范钟夫人之礼，"相处和谐，这真是难能可贵。还有一个故事说的是南康长公主下嫁桓温，桓温平定蜀地后，娶了当地李势的妹妹为妾，很得宠爱。"公主始不知，既闻，与数十婢拔白刃袭之。正值李梳头，发委藉地，肤色玉曜，不为动容。徐曰：国破家亡，无心至此。今日若能见杀，乃是本怀！主惭而退。"本已白刃相向，却能迎刃化解，这是情之力，也是理之力，也说明了风气所及，《世说新语》中女性的襟怀大度。

另一方面，女人对于丈夫也不再是唯命是从，自认低人一等，而是平起平坐，平等对话。有一则故事讲王广娶了诸葛诞的女儿，不太满意。进入洞房后，刚开始交谈，王广就对新娘说：你看起来神色卑下，完全不像你的父亲诸葛诞。新娘也反唇相讥：你作为大丈夫不能仿照你的父亲王凌，倒把女人和英杰相比？还有一则故事，讲许允的妻子是阮共的女儿，阮侃的妹妹，奇丑。夫妻交拜礼毕，许允再也不入内室，家人深以为忧。不久，桓范来访，"妇云：无忧，桓必劝人。桓果语许曰：阮家既嫁丑女与卿，故当有意，卿宜查之。许便回入内。既见妇，便欲出。妇料其如此，无复入理，便捉裾停之。许因谓曰：妇有四德，卿有其几？妇曰：新妇所乏唯容尔。然士有百行，君有几？

许云：皆备。妇曰：夫百行以德为首，君好色不好德，可谓皆备？允有惭色，遂相敬重。"新妇虽然容貌不佳，但绝不自惭形秽，而是据理力争，终于使丈夫理屈，有惭色，而获得了丈夫的敬重。

一般来说，男人也不再避讳对女人的情感，特别是像阮籍那样的名士。按《世说新语》记载："阮公邻家妇有美色，当垆酤酒。阮与王安丰常从妇饮酒，阮醉，便眠其妇侧。夫始殊疑之，伺察，终无他意"。阮籍兴之所至，醉了，就可以公开睡在美人之侧，他人也可容忍。阮籍的侄子阮咸爱上姑姑家的一个鲜卑丫鬟，当姑姑带着这个鲜卑丫鬟远行时，他不顾正居母丧，就"借客驴，着重服自追之，累骑而返。"真可谓冒天下之大不韪！在这样的情况下，所谓"男女之大防"也就略微松弛了。《世说新语》中有一则故事，说裴颁的妻子是豫州刺史王戎的女儿。有一次，王戎一早到裴颁家去，没有通报就直接进去了，裴颁夫妇还在床上，竟然"裴从床南下，女从北下，相对作宾主，了无异色。"这在非魏晋时期，恐怕很难想象。

当然，也有的妇女被描写为凶悍跋扈，不把男人放在眼里。例如曾经官至太尉的王衍就因妻子"才拙而性刚，聚敛无厌，干预人事。夷甫（即王衍）患之而不能禁"。幸而郭氏的同乡幽州刺史李阳是京都一带的大侠，郭氏很怕他，王衍只好打着他的旗号劝诱郭氏说"非但我言卿不可，李阳亦谓卿不可"。郭氏才稍有收敛。王衍的弟弟王平子刚十四五岁，"见王夷甫妻郭氏贪欲，令婢路上担粪。平子谏之，并言不可。郭大怒，谓平子曰：昔夫人临终，以小郎嘱新妇，不以新妇嘱小郎。捉衣裾，将以杖。平子饶力，争得脱，逾窗而走"。可见女性的地位真是不同凡响！

从"不可见"到"可见"

——突尼斯国际会议随记

正当美国的亨廷顿教授断言西方与非西方的文化冲突难于避免，甚至将导致第三次世界大战，并以近东的伊斯兰文化和远东的儒家文化为假想的敌手时，在伊斯兰传统的北非国家突尼斯却召开了一个别开生面的，研究不同民族文化如何相互理解，多元共存的国际讨论会。会议由欧洲跨文化研究院和突尼斯地中海文化中心联合主办，地点在美丽的地中海海滨小镇哈玛默特。到会者有来自法国、德国、意大利，西班牙、马里、塞内加尔、黎巴嫩、日本、中国海峡两岸的人类学家、宗教学家、哲学家、文学理论家、诗人和宗教领袖——神父、佛教法师。会议主题是"从不可见到可见"，意在从各种不同文化角度讨论不可见之神，在不同的宗教中如何成为可感、可见，这实在是不同宗教共同的根本问题；另一方面，也逆向讨论文学，特别是诗，如何从少量可见的字引向广阔的不可见的意义空间。我在此无意介绍会议的全面情况，只想谈谈我自己。

我发言的题目是"意义的追寻"。我认为中国人早在公元前

3世纪或更早，就已经提出"书不尽言，言不尽意"的问题。既然"言不尽意"，那么，圣人的意思，人们又是如何得知呢？《易经·系辞》说："圣人立像以尽意，设卦以尽情伪，系辞焉以尽其言。"圣人于是创立八卦符号（变动不居的卦象）来表达各种意义，又作系辞，用语言对卦象加以详细解释，以便人们能通过语言了解卦象，通过卦象，了解其所蕴藏的意义。这就是中国人通过言、象来追求意义的最早雏形。言、象是符号，意是符号所表现的，因语境不同而千变万化，永无穷尽的意义。我大致介绍了庄子"得意忘象，得象忘言"的理论，王弼关于"尽意莫若象，尽象莫若言"的补充，以及魏晋"言尽意论""不用舌论""言不尽意论"多种学派的辩论；也谈到佛教禅宗"我向尔道，是第二义"的主张，他们强调"只可意会，不可言传"，话一说出，就受到语言的限制和切割，不再是原意，而是第二义了。最后，归结到中国诗歌和诗学对"言外之意"，对尽量扩大字词与读者体味之间的意义空间的追寻，并举了一些实例加以说明，如"曲终人不见，江上数峰青""千山鸟飞绝，万径人踪灭。孤舟蓑笠翁，独钓寒江雪"之类。总之，是从可见的极少字词引向无穷的不可见的广阔的意义。

这些议论在中国也算不得很新鲜，但却引起了不少到会学者的兴趣，特别是一些人类学家。最令我高兴的是一些学者以此为例，论证以"多种文化并存"取代过去的"文化封闭"或"文化吞并"，势必带来21世纪人类文化的新发展。从其他一些讨论中，我也深深地感到，21世纪，由于信息和传播媒介的空前发达，更由于人类新观念的空前开阔，长久以来的东、西（即中、外）和古、今（即传统与现代）的二分法很有可能不复再有意义。中国知识界讨论古、今，中、外的关系已有一百多年的历史，现在看来，这些界限在21世纪也许将不再存在。最古的也可能是最新的，例如我国最古老的《易经》，目前已成为世界文化讨论中最新的内容；一些原以为是最新的事物和思想，也许瞬间就变为陈旧，如许许多多一次性消费的文化。这种变化或多或少是源于历史观念的变化。现代历史被二分为事件的历史和叙述的历史，事件的历史绝大部分人都不可能亲身经历，我们所能接触的只可能是叙述的历史。叙述必有叙述者，叙述的历史也必包含当代叙述者自身的视角、取舍和阐释，因此，也可以说，一切历史都是当代的历史。这样一来，线性的、历时性的历史长卷遂展现为并时性的、诸事纷呈的复杂画面。古代的东西可以以今天的形式表现出来，旧的未必即过时，新的也未必就一定好。

东、西的关系亦复如此。东方的未必就好、就有用，西方的也未必就坏、就无用，反之亦然。如果我们把小小的地球看作一个整体，排除狭隘的民族主义情绪，摆脱殖民地、半殖民地心态，那么，只要有益于发展自己文化的东西，都可拿来利用，不必拘泥于他的原创者是属于哪一个民族，不必计较它来自东方还是西方，更不必算计自己是出超还是入超。有些人总在考虑我们正在讨论的问题是自己提出来的还是西方人提出来的？在我看来，只要问题本身对我们当前的建设有意义，谁提出来并不重要，况且，作为一个大国，我们当然需要参与讨论从世界角度提出来的一些重大问题，如这次在突尼斯讨论的"从不可见到可见"的问题，它确实是有关宗教和文学的一个普遍问题。从话语方面来说，有些人很强调摒除西方的一套名词概念和话语，从自己的本土文化中，重新建构一套新的话语。理由是西方的话语并不适于阐释中国本土的一切。在我看来，这一意愿虽好，却不能不说只是一种空想。首先，所谓本土文化是指哪一时期的文化呢？20世纪80年代？20世纪50年代？20世纪30年代？鸦片战争之前？其次，话语只能产生于较长时期的对话之中，自说自道，恐怕很难产生现代意义上的话语，想要人为地去营造一种本土文化的话语，恐怕不可能。因为，如果是指当代文化话语，那么，在我们的成长过程中，现代精神、西方精神已深深渗入了我们的心智和血液，例如我们都是从学校而不是从私塾培养出来，学的都是声光化电而不只是诗云子曰……期待从我们身上发掘纯粹的本土文化，实属不可能。况且，即便有了这样一种在封闭中营造出来的话语，我们又如何用它去和别人对话，去在世界上发挥我们的影响呢？具有反讽意味的是，"话语"这个概念本身就是西方传统语言学解体和法国福柯理论发展的产物。我的意思当然不是说现在的话语就已经完美无缺，事实上，世界各地，话语都在飞速地发生变革。我们当然应该在与外来文化的对话中，将本土文化与外来文化结合起来，不断更新我们的话语。

　　突尼斯会议提出的另一个发人深思的问题，就是关于文化相对主义的讨论。由于日本人类学家稻贺繁美教授提交了一篇关于拉什迪《撒旦诗篇》日本译者五十岚一被杀害的讨论文章，会议遂转向了讨论文化相对主义的极限问题。文化相对主义就是把某种思想或事物放到其自身的文化语境中去观照和评价，反对用他种文化的标准来加以干扰和判断。例如关于人类尸体的处理，西藏用天葬的方式，把亲人遗体撕成碎块喂鹰；埃及却将死人制成木乃伊，以求永存。古代中国人坚持"父母在，不远游"，必须"承欢膝下"，孝养父母，以尽其天年；非洲一个部落却将老年父母砍杀，以释放其灵魂，帮助他们转世。在文化相对主义者看来，这些都无可非议，无法评判，而且应该得到他种文化的理解和尊重。问题在于永远如此相对下去，各民族文化之间又如何能够沟通并得到提高呢？我想，非洲杀父母的部落一旦认识了并无灵魂这回事，他们可能就不会再屠杀他们的父母。但是，不杀父母是他种文化的标准，认同这一标准是否违背文化相对主义呢？这就是文化相对主义的两难境地。

　　我认为把文化相对主义绝对化是不可行的。这样只会导致各民族文化之间的隔绝和封闭，显然与"通过对话沟通，在共同的语境中，多元共存"的总趋势相悖。过去，西方文化霸权，以自己的文化标准强加于人，当然是错误的，但人类总有可以认同的准则。例如，人类的某些需要是普遍性的，著名的人类学家列维·施特劳斯说："人类大脑无论在哪里都具有相同的构造……

具有相同的能力。"我同意荷兰佛克马教授提出的关于评断经验理论的三种标准：即与经验现实相适应的标准；与其他理论相契合的标准；研究者普遍认同的标准。这些标准当然都不是绝对的，但可以普遍有效和有用。另外，由于信息、传播事业的发达，各民族文化之间的接触越来越多，不同文化群体之间的共同性也可能逐渐大于同一文化群体中的不同集体。例如当今中国醉心于 MTV 的青年群体，他们与同样醉心于 MTV 的西方青年群体的共同点显然要大大多于与国内老战士群体的共同点，至于与明、清时代的中国青年相比，其差异就更不用说了。

参加突尼斯会议的非洲塞内加尔女学者玛梅·库瓦娜作了一个很有趣的报告，她谈的是"妇女是非洲象征的承传者和保护者"。她的报告使我想起了一个问题，那就是一定要把文化传统与传统文化的产品区别开来。建筑、绘画、雕塑、音乐、文学作品，以至饮食、服饰都体现着一定的传统文化，同时也有其时代性，是某一时期，某种传统文化凝聚而成的产品，是已成之物，而我们所说的文化传统却是看不见、摸不着，不断发展变化，不断生成更新的将成之物，是不断形成着各种文化产品并不断对历史和现实进行着新的阐释的一种根本动力。我认为分清活的文化传统和已经凝固的传统文化产品是非常必要的。例如在美国的旅游商店可以看到许多本土印第安人的文化产品，但这并不能说明印第安本土文化很发达，相反，印第安传统文化显然正在衰落，它已经不大能赋予印第安民族以新的创造的活力。这就是为什么鲁迅一再批判"国学家的崇奉国粹，文学家的赞叹固有文明，道学家的热心复古"的原因。

文化传统总是隐蔽在一个民族的心灵深处，而在不知不觉中形成了不同民族之间的差别。活的文化传统不断在变，但绝不是按照那种肯定—否定、正确—错误的模式在变，而是像一棵大树，不断汲取外在的阳光、空气和水；不断调整自己，以适应外部环境的变化；它的枝叶不断伸展，今日之树已不复是昨日之树；当然，也有"无边落木萧萧下"的时候，但落叶归根，又为同一棵树孕育着新的生命。固定昨日之树而不精心培植今日之树的民族是一个没有希望的民族。例如追求和谐是东方各民族共同的传统精神。印度诗哲泰戈尔说：在印度，文明的诞生始于森林，这种起源和环境形成了与众不同的特质。印度文明被大自然的浩大生命所包围……这种森林生活的环境并没有压抑人的思想，减弱人的活力，而只是赋予人们一种特殊的倾向，使他们的思想在与生气勃勃的大自然产物的不断接触中，摆脱了想在他的占有物周围建起界墙以扩展统治的欲望。他的目的不再是获得而是去亲证，去扩展他的意识，与他周围的事物契合……古代印度林栖贤哲们的努力正是为了亲证人类精神与宇宙精神之间的这种伟大和谐。(《人生的亲证》)追求普遍和谐更是中国文化的基本精神。中国传统文化的儒、道、释（主要是中国化的佛教禅宗）三家哲学无不贯穿着自然本身的和谐、人与自然的和谐、人与人之间的和谐、个人本身各方面的和谐等基本精神。但我认为目前最重要的不是不断重复这些精神，事实上，我们不大可能再去做冥想、坐忘的庄子，或做陶渊明那样的隐士，也大不可能去做印度林栖的贤哲（当然也不排斥有的人可以这样做），最要紧的是赋予这些极可宝贵的传统精神以现代内容，使之能为改进备受工业文明戕害的、人类共居的地球和人类社会关系作出新的贡献。

即将到来的 21 世纪将是一个文化多元共生的时代。19 世纪和 20 世纪两百年的历史已经雄辩地证明，不同文化之间的吞并和统一都不可能。我们应以更加博大的胸怀来容忍和欣赏不同民族传统文化的特点，在沟通和理解中，共同进步。任何民族无论多么弱小，都有权发扬自己的文化传统，从自己的文化传统中汲取活力，在整个世界文化的交响乐中，和谐地唱出自己的声部。亨廷顿教授的文化冲突导致世界大战论，当然也就可以不攻自破。

文化转向的风标

2008 年下半年，发生了两件大事，标志着世界文化的重大转折。一件是法国作家让·玛丽－居斯塔夫·勒克莱齐奥以其"世界主义"的全部作品获诺贝尔文学奖；另一件是有 50% 肯尼亚黑人血统和复杂文化背景的巴拉克·侯赛因·奥巴马当选为美国总统，这两件事引发了全世界的欢呼与轰动。

勒克莱齐奥生于法国南部海岸城市尼斯，长大后赴英国求学，毕业后在泰国教书，后来又在美国、非洲、亚洲等多地执教，并游历了许多国家。他的母亲是毛里求斯人，夫人是非洲摩纳哥人，他们目前主要居住在印度洋西南部岛国毛里求斯。勒克莱齐奥的大半辈子都是在复杂多样的文化熏陶中度过的。他的作品在很大程度上反映了他的经历。这些作品不仅表现了对西方文明的不满，而且直接表现为对他国文明的追求，如《沙漠》《寻金者》《乌拉尼亚》等。他所写的带有很强自传性质的作品，如《奥尼恰》《非洲人》等也往往与异国风情联系在一起。他对中国有很深的怀念，对老舍情有独钟。1983 年就写过《老舍，一个北京人》，后来又为法语版的《四世同堂》写了序。他认为老舍最有力、最真诚地表达了中国革命的必要性，是东方与西方相遇的必要性的作家之一，足以和狄更斯、萨克雷、陀思妥耶夫斯基等作家并驾齐驱。他的名著《乌拉尼亚》写一位法国地理学家在墨西哥勘探地貌时，意外发现了一个乌托邦式的理想王国——乌拉尼亚。这里的人都是来自全世界的流浪者，在这里人人平等，没有贫富和阶级，人人过着安居乐业的生活。无论从勒克莱齐奥的经历、兴趣和追求，都足以说明他是一个多元文化或跨越不同文化的前驱者。

奥巴马总统就更无须多加介绍了。他的父亲是来自肯尼亚的非洲人，他6岁时即随母亲与继父（印尼人）在印度尼西亚生活过多年，他自己的家庭，包括妻子、女儿也都属于有色人种。美国人认为奥巴马身上所体现的多元文化正是可以超越种族的明证，这不仅没有对他产生负面影响，反而使他易于得到各方面的认同。奥巴马的巨大成功在种族歧视根深蒂固的美国，哪怕在十年前也是很难想象的。

显然，最激动人心的不只是这两位名人自己的才能和魅力，而是他们所受到的普遍热烈而真诚的欢迎。他们的遭遇并不是孤立的案例，在世纪转折处，我们看到很多肯定和赞赏多元文化的现象，例如我们高兴地看到曾宣告"比较文学作为一门学科气数已尽"的英国学者巴斯奈特又重新提出："反观那个主张，看来基本上是错误的"，并承认这是由于"没有考虑跨文化转换过程中的政治含义"所致。曾以《学科之死》来概括比较文学学科现状的斯皮瓦克，则强调比较文学若能走出欧洲中心的原点，"颠覆和摧毁"强势文化对新独立文化的挪用，并超越西方文学和西方社会，就会有新的发展，形成新的学科。凡此种种，说明多元文化的认同和互相交往的需求不只是个人行为，不只是个别偶然的事例，而是标志着世界文化的一种转向——从单边统治、西方中心的全球化转向共荣共存、多元互动的全球化。

转向的原因是多方面的。首先是进入 21 世纪，科技发展如全球互联网、移动通信等使人与人之间的频密沟通成为可能；转基因、干细胞、克隆等生物工程技术使生命可能通过人为的手段复制、改写、优选而更凸显了人类生命的一致性；而纳米技术使人类能够实现对微观世界的有效控制，有了更宽阔的视野。这些革命性的新知识、新技术贯穿到人类生活的每一细节，导致了所谓时空紧缩，人类对时间和空间都有了和过去根本不同的认识；其次，人类的过度发展造成地球的超负荷运转，导致了对地球资源的空前消耗和争夺，为了应对这种局面，对抗（战争）已被证明为不可取，可能的途径只有对话；另一方面，20 世纪的两次世界大战给人类留下了惨痛的记忆，物质的损毁和精神的创伤都要求我们对那一时代残酷的经验进行反思，重新定义人类状况，重新考虑人类的生存意义和生存方式，这种重新定义只能在全世界各民族的对话中进行；加之，文化冲突越来越严重地影响着全球人类的未来。文化霸权主义和由文化封闭主义发展而来的文化原教旨主义的尖锐对立，已经使全世界处于动荡不安之中。要制止这种冲突，不能通过暴力，只能通过对话。

因此，对话，特别是跨文化对话成为处理世界各种问题的一个越来越重要的关键词。在跨文化对话中，文学对话（包括不同文化之间的文学对话，古代与现代作家作品之间的对话，作者与读者的对话，作者与作者的对话等等）是跨文化对话中最易于理解和沟通的。在文学的领域内，总是可以找到人类许多共同的问题和感受。例如，人的生、死、爱、欲等问题是古今人类共同的问题。死，是任何人都不能幸免的。陶渊明认为"纵浪大化中，不喜亦不惧，当尽便须尽，无复独多虑"，十分放达；美国作家海明威认为，人的一生，开始时有如一条活泼嬉闹的小溪，它从山上流下来，不断溅起浪花，和各种石头、花草亲吻，然后，变成壮阔的大河，最后慢慢地、平静地自然消融于大海，流入永恒。陶渊明和海明威属于不同时代，不同文化，但他们谈的是同一个问题（尽管语言不同，要通过翻译），人们从中可以找到共同的话语，会同样有所领悟，同样受到启发。文学里有很多共同的东西，无论古今中外，都有很多共同的题目在对话，有很多相通的感受在交流。事实上，每一部伟大的作品都是根据自己不同的生活方式，思维方式，对人类的共同问题做出自己的回答。这些回答包含着一个民族历史传统的回声，同时又受到属于不同时代、不同群体的当代人的解读。不同文化、不同时代的人们通过这样的解读，可以互相交往，互相理解，得到共识。

正因为这样的转向，作为跨文化文学研究的比较文学才迅速扭转了在欧美的颓势，而越来越受到重视。在目前风起云涌的文化转向的浪潮中，跨文化文学研究的思想、理论和方法必将迅速扩展到文学研究的各个领域，而为世界文化的发展作出更大贡献。

生态文明与后现代主义

一、生态文明新思维的基础是过程哲学

过程哲学是一种主张世界即过程，要求以有机体概念取代物质概念的哲学学说。创始人是英国数学家、逻辑学家 A.N. 怀特海。怀特海把宇宙的事物分为事件的世界和永恒客体的世界：事件世界中的一切都处于变化的过程之中，各种事件的综合统一体构成有机体，从原子到星云、从社会到人都是处于不同等级的有机体。有机体有自己的个性、结构、自我创造能力。

有机体的根本特征是活动，活动表现为过程。过程就是有机体各个因子之间有内在联系的、持续的创造活动，因而整个世界就表现为一种活动的过程。在过程的背后并不存在不变的物质实体，其唯一的持续性就是活动的结构。所以自然界是活生生的、有生机的。怀特海认为，自然和人的生命是分不开的，只有两者的契合才构成真正的实在。这与王阳明的"心外无物"之说很类似：《王阳明·传习录》有言："先生游南镇，一友指岩中花树问说：天下无心外之物，如此花树在山中自开自落，于我心中

亦何相关？先生说：你未见此花树时，此花与汝同归于寂；你来看此花时，则此花颜色一时明白起来，便知花不在你心外。"王阳明强调的是，当心与物相隔绝，世界就是没有意义的；在没有认知者时，被认知者就和不存在一样。

而所谓永恒客体，也并非人们意识之外的客观实在，只是一种抽象的可能性，它能否转变为现实，要受到客体条件和主体条件的限制，在怀特海看来，最终是受到上帝的限制。中国道家哲学同样强调一切事物的意义并非一成不变，也不一定有预定的答案。答案和意义形成于千变万化的互动关系和不确定的无穷可能性之中。由于某种机缘，多种可能性中的一种变成了现实。这就是老子说的"有物混成"（郭店竹简作"有状混成"）。一切事物都是从这个无形无象的混沌之中产生的，这就是"有生于无"。有的最后结局又是"复归于无物"。无物是"无状之状，无物之象"，这无物、无状并不是真的无物、无状的绝对虚无，而是其中有象，有物。所谓"道之为物，惟恍惟惚。惚兮恍兮，其中有象；恍兮惚兮，其中有物"。这象和物都存在于无中，但都还不是实有，它只是一种在酝酿中的无形无象的、不确定的、尚未成形的某种可能性，这种可能性由于某种机缘，"时劫一会"，就会生成为现实。在此之前，这种现实并不存在，不存在而又确实有，是一种"不存在而有"。这就是"天下万物生于有，有生于无"的道理。这显然比怀特海最后只能归结为上帝，认为，"事件世界正是上帝从许多处于潜在可能状态的世界中挑选出来的，因此上帝是现实世界的泉源"，更高一筹。

总之，在怀特海看来，自然界不是确定不变的东西，而是不断变化的过程。时空是不可分割的，两者是一个东西，即时间空间共同构成的整块，他称之为扩续。总之，不能把自然界看成是事物的总和或堆积，而应看作许多事件的综合或有机联系。他认为，对感官知觉而言，最后的事实是事件。因此，怀特海以感觉、时空合一（扩续）和事件构成了过程哲学。[1]

过程哲学从根本上消除了西方哲学自古希腊以来一直存在的主体与客体、事实与价值分裂对立的困境——也就是说，他试图通过彻底解决西方哲学自古以来就存在的有关本体与现象、一与多、动与静、永恒与流变、存在与生成、心与物、决定论与意志自由等形而上问题，以价值观念为核心、以论述带有生成色彩的过程为手段，建构能够融合英美语言分析哲学和欧陆思辨哲学这两大阵营的过程哲学体系。

二、什么是"深度生态文明"？

我最早是从曾繁仁教授的文章中认识"深度生态学"的。百年的工业文明以人类征服自然为主要特征。世界工业化的发展使征服自然的文化达到极致；一系列全球性生态危机说明地球再

1　参见全增嘏：《西方哲学史》，上海人民出版社，1985 年版，第 592—593 页。

没能力支持工业文明的继续发展。需要开创一个新的文明形态来延续人类的生存，这就是生态文明。如果说农业文明是黄色文明，工业文明是黑色文明，那生态文明就是绿色文明。绿色文明强调人和自然是生命的共同体。

正如曾繁仁教授所曾介绍的，1973 年，挪威哲学家阿伦·奈斯（Arne Naess）将生态理论运用于人类社会与伦理的领域，提出深度生态学。深度生态学所考虑的，并不只是何种社会能最好地维持一个特定的生态系统，这种生态学只是一种关乎价值理论、政治、伦理问题的生态学。但是从深层生态学的观点来看，我们对当今社会能否满足诸如爱、安全和接近自然的权利这样一些人类的基本需要提出疑问，在提出疑问的同时，我们也就对社会的基本职能提出了质疑。我们寻求一种在整体上对地球上一切生命都有益的社会、教育和宗教，因而我们也要进一步探索实现这种必要性的转变。[1] 曾繁仁教授认为生态作为一种现象，从阿伦·奈斯开始由自然科学领域进入到社会与情感价值判断的社会领域，这就使生态哲学、生态伦理学与生态美学应运而生，而生态也在整体性、系统性的内涵之上又加上了价值、平等、公正与美丑等的内涵。如曾繁仁教授所说，它应是在天、地、神、人四方游戏中，存在的显现、真理的敞开。其存在方式是一种共在。这是一个涵盖各种各样特殊方式的全称性术语，通过这种方式，

---

1 参阅雷毅：《深层生态学思想研究》，清华大学出版社 2001 年版，第 25 页。

各种各样的存在物就可以在某一个实际机遇之中共在。共在就为创造性、一和多、同一性和多样性等概念预设了前提。

以过程哲学为基础的生态文明引起的变革，首先是伦理价值观的转变。西方传统哲学认为，只有人是主体，生命和自然界是人的对象；因而只有人有价值，其他生命和自然界自身没有价值，其价值是人所赋予的；因此只能对人讲道德，无须对其他生命和自然界讲道德。这是工业文明人统治自然的哲学基础。生态文明，特别是深度生态学认为，不仅人是主体，自然也是主体；不仅人有价值，自然也有价值；不仅人有主动性，自然也有主动性；不仅人依靠自然，所有生命都依靠自然。因而人类要尊重生命和自然界，人与其他生命共享一个地球。无论是马克思主义的人道主义，还是中国传统文化的天人合一，还是西方的可持续发展，都说明生态文明是一个人性与生态性全面统一的社会形态。以人为本的生态和谐原则即是每个人全面发展的前提。

其次是生产和生活方式的转变。工业文明的生产方式，从原料到产品到废弃物，是一个非循环的生产；生活方式以物质主义为原则，以高消费为特征，认为更多地消费资源就是对经济发展的贡献。生态文明却致力于构造一个以环境资源承载力为基础、以自然规律为准则、以可持续社会经济文化政策为手段的环境友好型社会，实现经济、社会、环境的共赢，实现这一理想关键在于人的主动性。人的生活方式就应主动以实用节约为原则，以适度消费为特征，追求基本生活需要的满足，实行低碳生活，不追求过度的物质享受，而崇尚精神和文化的满足。这是生态思维的追求，也是建构性后现代社会的追求。

三、生态文明与建构性后现代主义

20 世纪 60 年代兴起的后现代解构思潮轰毁了过去笼罩一切的大叙述，使一切权威和强制性的一致性思维都黯然失色，同时也使一切都零碎化、离散化，浮面化，最终只留下了现代性的思想碎片，以及一个众声喧哗的、支离破碎的世界。后现代思潮夷平了现代性的壁垒，却没有给人们留下未来生活的蓝图，未提出建设性主张，也未策划过一个新的时代。

20 世纪末，21 世纪初著名生态哲学家约翰·科布 (John B. Cobb) 等人 以怀德海的过程哲学为基础，提出"建构性的后现代主义"（constructive postmodernism）。根据怀德海认为不应把人视为一切的中心，而应把人和自然视为密切相关的"生命共同体"的主张，对现代西方社会的二元思维进行了批判，提倡有积极意义的整体观念，[1]并由此出发，明确地把生态主义引入后现代主义，强调"具体的事物是一种连续不断的改变的基质。没有恒久

1　参见《怀德海和谐回应东方》，上海《社会科学报》2002 年 8 月 15 日。

不变的实体，相反，却存在着持续变化的关系。"[1] 他说："我们的后现代是人与人，人与自然和谐相处的时代"，这个时代将保留现代性中某些积极的东西，但超越其二元论、人类中心主义、男权主义，以建构一个所有生命的共同福祉都得到重视和关心的后现代世界。"[2] 科布认为"建构性后现代主义"是相对于"解构性的后现代主义"而言的，它与后者在拒斥现代主义的二元论和实体思维上有共同点：他们都致力于解构支撑着现代主义的元叙事。但前者的解构立场使得他们几乎无法正面表达他们的意见，他们害怕说出任何有普遍性的东西。如果他们坚持彻底的解构立场，他们就只能最终解构自身。约翰·科布认为如果我们接受生态主义的世界观，那么，我们就会发展出寻求人类共同福祉的经济学体系，把人类理解为生态共同体中的成员。

科布认为这种有机整体的系统观念，"关心和谐、完整和万物的互相影响"，与中国传统的许多思想都深度相通。例如《周易》强调变易和生生之道，正与怀特海强调过程相契合。他坚信当过程思想被中国人所拥有和借鉴时，它在中国将比在西方获得更丰富的发展，因为中国传统文化一直是有机整体主义的。他以

---

1 参见克里斯福德·科布：《生态文明呼唤一种有机的思维方式》，《世界文化论坛》2008年第2期；"关于自由的思考——一个过程思维的新视角"，《世界文化论坛》2009年1期；并参见中美后现代发展研究院副院长王治河的《后现代呼唤第二次启蒙》，《世界文化论坛》2007年1,2月号。

2 《为了共同的福祉》，王晓华的《约翰·科布教授访谈》，上海《社会科学报》，2002年6月13日。

医学为例说，西方现代思想从分离开始，如西方现代医学原理区分了病原体和健康细胞，将纯粹的与不纯粹的分开，消灭不纯粹的。中国的阴阳却开始于对立面的统一，所以中医寻求综合平衡而不是分离和纯粹。西医的治疗方法是摧毁行动者，中医则是讲个体与整体的协调，使体内的力量达到平衡。

他深信未来哲学的发展方向，必定是西方文化和东方文化的互补和交融。

辑五

《在灵泊深处》序

　　读完国华的《在灵泊深处》，我心中充满了年长者对年幼者的震惊、崇拜和钟爱。20余年前，我将国华从青海一所偏僻的中学，在成绩还差几分的条件下强力引进到全国最高学府北京大学，我至今认为这是我毕生所为的一件最重要、最正确、最有价值的事。我并不认为今天我真有条件来为这本充满灵气和智慧的独特的书作序，国华所论及的书籍资料比我曾阅读过的远为广博，他所思考的问题比我所曾思考过的远为深邃透彻。我之所以不惮浅薄来写这篇序，只是因为他所走的正是一条我心向往之而终未能至的路。我崇尚广博，追求多思，总想超越时空，看到更广阔的思想世界和现实世界。然而，岁月不居，我如何再能追回那20余年在政治扰攘中抛洒的岁月呢？我如何再能坐拥图书馆，天南海北读想读之书，做想做之冥想呢？转眼我已是80余岁，这一切都已成为不可能。然而，国华正走在我想走的路上，我至少可以尾随他再追寻年轻时的旧梦。

　　看过这本书的人，可能首先都会惊诧于作者深广的阅读。他围绕中世纪哲学的核心命题，深入辨析了哲学与神学、理性与启示、智慧与风习等各个方面。过去，谈起中世纪，我们多半只会想起宗教裁判所，严酷压制，监禁，火刑，总之是"黑暗的中世纪"。国华的文史政治随笔却使我们眼界大开，为我们展开了全然不同的场景和思绪。

他总是带着问题，寻本溯源，不做泛泛的阅读。例如在读阿维罗伊撰写的巨著《"矛盾论"的矛盾》时，他带着哲学与宗教的区分这个问题，进行了追根究底的深入思考，最后得出结论，这种区分"存在于哲学家的知识与民众的宗教（习俗）之间的深刻差异：前者是恒定不变的，因为它起源于恒定不变的自然，而后者则是人为的，所以变动不居，因为它的起源是立法者。所谓哲学，世间只有一种，所谓宗教（习俗），则可有百态。因此，哲学无所谓优劣之分，但是，宗教（习俗）却一定要分出个优劣，并且服膺严酷的、绝不滥情的优胜劣汰的万民法则"。这种区分是否正确自当别论，但它却为读者进一步思考开辟了空间，带来了新的启发。

寻本溯源并不是轻而易举，一蹴而就的，这需要在广泛阅读的基础上融会贯通，广泛联系。我很喜欢《在灵泊深处》中的一篇不长的短文"政治哲学如何研究'血'？"这篇文章从政治哲学家施特劳斯（Leo Strauss）在《思考马基雅维里》的一个不起眼的脚注中的一句话，开发出深邃而广阔的联想。施特劳斯指出：血是一个极为敏感，又极为根本的政治哲学论题。政治哲学最崇高的研究主题是建国，而最棘手的研究主题则是革命。建国与革命无往不是血淋淋的事情。在血这个论题上，政治哲学与政治史二者几乎没有那种通常存在于理论与现实之间的巨大差别。伏尔泰在《风俗论》序言中提供了一份可怕的杀人数据，其依据就是《出埃及记》：

利未人膜拜摩西的兄弟所铸的金牛之后共被杀死 23000 人；因可拉反叛摩西事件而被烧死 250 人，被耶和华降瘟疫杀害 14700 人；因一个百姓与米甸女人睡觉而被耶和华降瘟疫杀害 24000 人；因以法莲人口音不准，将"示播列"（Shiboleth）读成"西播列"，被斩杀 42000 人；因和便雅悯人发生内讧共死约 85000 人；伯士麦人偷看约柜而被处死 50070 人。合计：239020 人。

《出埃及记》的主题是摩西的建国。而《启示录》的主题则是末世论革命，前者事关起源，后者事关终点。施特劳斯认为在起源和终点的地方，政治最具血腥味儿。政治技艺的精髓就体现在对这种知识同时进行巧妙的掩盖和揭示，也就是适度的启蒙与适度的蒙昧。因此，成熟稳健的政治行动与政治教诲只存在于启蒙与蒙昧之间的微妙地带，在这里，血的殷红色并没有被全部掩盖，但无疑会被稀释，从而让嗜血的人变得节制，让晕血的人变得勇敢。有了勇敢与节制这两个基础德性（cardinal virtues），建造一个运转良好的正义、睿智的共和国的基本石材就算是到位了。施特劳斯说过，既启又蒙才是正确的启蒙，他说，西方政治思想史上只有柏拉图和迈蒙尼德娴熟地掌握了这项复杂的技术。

这篇文章充分体现了国华的博学多思，和广泛联系的才情。

国华在自己的书中从不提及西方中世纪与中国的关系和联想，但这种潜在的关联存在于文章各处的字里行间。例如上面谈到的血和启蒙与蒙昧之间的微妙地带，就使人不能不联想到中国历史上的建国与革命。这样的篇章还很多，《博丹的"和声正义"》就是其中很值得玩味的一篇。在这篇文章中，国华指出，"博丹的贡献是在传统的'分配正义'与'交换正义'的分类之外，提出了一种特殊的'和声正义'（la justice harmonique）。这种正义是正当的分配奖赏与惩罚，它必须和谐地兼顾交换正义与分配正义的原则。在这里，国王与臣民的关系宛如父子，因为他在他们之中施行和声正义。"特别有意思的是国华另外引用了博丹的《七个智者论崇高事物的秘密》，这篇文章假想了七个智者在一座风景美丽的私人花园里，围坐在一起，讨论人世间最崇高的事物。七个智者来自不同的哲学、神学与宗教派别，代表着七种看待世界与真理的伟大传统：自然哲学家、加尔文派神学家、穆斯林、罗马天主教神学家、路德派神学家、犹太人以及怀疑论者。七智者针对终极的问题分别提出最终立场，并由此展开为期数天的讨论。"讨论在欢愉和平的氛围中展开，没有肉身性的意气和怨恨，只有心灵与智慧的交流和触碰。那崇高的、秘密的真理，在七位智者用睿智的言辞所谱成的'和声'中，庄严神圣地向世界敞开和呈献"。这里所描绘的那座美丽的庄园，正是博丹理想中的、实行和声正义的君主国。这里从不提起中国，更没有比较之类肤浅的表面文章，但它时时激起你有关中国的联想。例如以上关于和声正义的谈论总是会让你想起中国的"和而不同""君义臣忠""兄友弟恭""道并行而不悖""极高明而道中庸"等等，还有那些在齐国的宫廷里"坐而论道""议而不治"的稷下学士。这种遥远的共鸣，也许就是刘勰所说的"秘响旁通"吧。

《在灵泊深处》虽是文史与政治典籍随笔，却不乏感情充沛，令人动情的段落和篇章。在本书的自序和末章《'灵泊'里的婴儿》中，我们可以深深体味到作者和他的小女儿茌兮小朋友朝夕相处的那些快乐日子和无限深情。他所向往的是古希腊诗人赫西俄德（Hesiod）描写过的那个奇妙的白银时代，那里的人都是孩子，他们围着善良的父亲和母亲终日玩耍，一百年都长不大。作者生造"灵泊"一词用来翻译但丁《地狱》中的 Limbo，也是充满了美丽的想象和动人的情怀。在作者笔下，灵泊是地狱的第一层，"是一处点缀着青翠草坡、美丽小河的地方"。但丁称之为 Limbo，意从拉丁语 Limbus，自然是取了阿刻隆河的青青草畔或九重地狱之最外缘的意思。在但丁的地狱里，Limbo 是唯一一处没有惩罚、林青木秀的地方，它收留了一些非常特殊的亡灵。即那些早逝的婴儿。这些婴儿本就纯净无瑕，正在走向一处"更加美好、更加神圣的领域"。他们的灵魂未曾受到肉体的塑造，不曾受到身体强加给它的扭曲和约束，只在肉体中逗留片刻便被更高的力量解放，很快就进入到它源初的自然状态。作者高远的想象和对纯洁的追求跃然纸上，远远超出于一般学术政论的写作，而给人以美好的文学享受。

又如在《读亚里士多德〈天象论〉第一卷有感》中，我们本来预期读到一篇解释自然科学和哲学的文字，但我们读到的却是："露下霜凝的奇妙现象唤起了我的好奇，字里行间的'寒冷的地带''温和季节和温和的地区'以及'晴朗的日子'等等，此类表述时间与空间的文字，似乎是一种神秘的索引，把我的思想带到一个遥远的地方和遥远的年代，在那里，夏日清晨的麦穗上跳跃着初生的、潮湿的阳光，而深秋时分，西风骤起，冷硬的严霜给贫瘠的土地涂上一层肃杀与庄严。——在这世上，还有什么比空间的隔离与时间的隔绝更能称作令人痛苦的变易无常呢？童年时代、童年时代的乡村生活，以及其中的风霜雨露……这一切的确越来越远了。——阅读《天象论》的时候，突然被这种感触深深淹没"。亚里士多德的自然科学讲稿竟然让作者如此感伤，并从此又引出一段古希腊诗人赫西俄德的描述："在菊芋开花时节，在令人困倦的夏季里，蝉坐在树上不停地振动翅膀尖声嘶叫。这时候，山羊最肥，葡萄酒最甜，女人最放荡，男人最虚弱。那时候天狼星考晒着人的脑袋和膝盖，皮肤热得干燥。在这时节，我但愿有一块岩石遮成的荫凉处，一杯比普里诺斯的美酒，一块乳酪以及老山羊的奶，尚未生产过牛犊的放牧在林间吃草的小母牛的肉和初生山羊的肉。我愿坐在荫凉下喝着美酒，面对这些美味佳肴心满意足；同样，我愿面对清新的西风，用长流不息的洁净泉水三次奠水，第四次奠酒。"（《劳作与时日》，584—595）作者满怀深情地说："赫西俄德笔下的劳作世界与亚里士多德笔下的严霜薄露一样，都已经远去了。山羊、母牛、菊芋花开、云中燕子还有心急如焚的农夫……这一切就像童年时代的霜露，早已幻化成不知所踪的云气，翩然留驻在了另外一个我永远回不去的地方和年代。"在这些动人心魄的抒情之后，作者陡然笔锋一转，引出一个哲学结论："于是，这就明白了，既然时间是无限的，宇宙是永恒的，无论泰那河或尼罗河，都不能无休止地长流，它们现在的径流，从前就曾是旱地。它们的活动有尽，而时间恰是无限的……在时间的历程中，一切都在演变。那么，当忽然发觉有一个年代、有一个地方永远回不去的时候，人们可能也就泰然处之了。"

总之，这是一本真诚而美好的书。人们不仅可以从这里获得知识，激发思考，而且可以从字里行间去寻找隐秘的潜流，得到充沛的发现的喜悦和动人心魄的美的感受。是为序。

小论《人间草木》

《人间草木》一书并不只是人物传记，而是人物的心灵探索。一般传记强调的是个体人物的独特性，而《人间草木》关注的是人的内在生活的深层内容，人性中最隐秘的部分。这是一本学术随笔，又不全是学术随笔，它是一本哲学追思录，满是对哲学问题的追问；它是一本灵魂对话录，记录了灵魂对灵魂的深邃的探索，也是一本充满诗意和真情的散文诗，每一段都是满怀真情的心灵探密。全书写了四组八人，马礼逊（1807 出发到中国）和柏格理、苏曼殊和李叔同、托尔斯泰和韦伯、梁济和王国维。无论是传教士的献身，还是学者对生命的真义和价值的追问，乃至文人的诗性的沉思和绝望都深深打动我们，给我们留下了灵魂转向的记录和不同的生命境界的反思和吟味。作者感兴趣的是他们走向死亡的内心历程，而不是他们死亡的宏大意义，而这种历程是每一个人都要经历的。

作者是厦门大学教授周宁，比较文学形象学方面有特殊贡献的学者，曾经撰写过多卷本的"外国人眼中的中国形象"，收集了大量资料。这也使得他眼光遍及全球。《人间草木》以心智为桥梁勾连东西方，跨越文化，跨越学科，使他笔下的主人公回到"人间草木"的本真生命状态之中去，超越了时间和空间。其中贯穿了每个人都无法避免，却又难以索解的各种问题，如理性与生命之间难以调和的冲突，激情、责任感和判断力三者之间的关系，行动的生命和沉思的生命之间的关系，人生的终极意义和价值等等。

真正的学问家，不仅仅只是面对浩如烟海的资料进行逻辑的梳理，更重要的是，他能够在资料堆里提炼出有核心价值的理念来，提升自己的思想，活跃自己的思维，从而形成新思想、新理论元素产生的新的思维能力。不仅如此，在这本书中，作者将一个学者深邃的思想融入他所探索的一个个伟大的灵魂之中，我们可以谛听到作者与那一个个伟大灵魂的生命的激情对话，追问生命的意义，凸显新的精神价值。这本书对读者来说则是试图打开人的心灵，激活他们丰富的心灵世界，暂时离开追求名利和财富的生活。

"只有经历过极度的痛苦与绝望，才能焕发起对生命真挚热烈的爱，从中体验到充盈与幸福。我们在四组人物非凡的人生中经验人生；在生活中的苦难与忍耐、焦虑与沉静、绝望与觉悟、虚无与爱的时刻，体会生命的意义。思想是痛苦的，但思想是唯一的途径，引领我们走出心灵之夜。我希望什么时候，能够在新的黎明，带着启悟的泪水与青草的芬芳，盟誓赞美；告别凄楚与悲凉，绝望与荒诞，让身体和思想回到阳光之中，学会这个世

界里的爱与怜悯，学会积极地生活。"（《人间草木》第 3—4 页）
周宁用学者的深沉和文字的洒脱来探向终极追问。"它来自心灵，
也将抵达心灵。"周宁是用心在书写的，所以它也必将获得心灵
的真诚回应。

年仅 60 岁余的厦门大学周宁教授近年竟罹患严重脑病，我
每天为他祝福。

——丙申仲夏

孤独种种

随着全球化进程的加速，文学研究者越来越重视通过不同文化的文学作品来研究人类共同遇到的问题，如死亡意识、生态环境、人类末日、乌托邦现象、遁世思想、忧郁、孤独等等，这就使作为比较文学重要组成部分的总体文学研究在 20 世纪最后 20 年来，得到了空前的发展。

伯禄君的新著《孤独与文学》可以说在这方面开辟了一个崭新的领域。他从比较文学的角度切入，探讨了中外古今作家的孤独情感在不同作家中的不同表现。

孤独是人类普遍的情怀。人注定是孤独的，无论生老病死，人都只能独自面对，任何人难以分担；个人思想情感的不被理解和难以找到共鸣就更不用说了。不同的是有些人对此极为敏感，有些人则浑浑噩噩。作家就是对孤独及其带来的痛苦最为敏感的群体。《孤独与文学》第一章剖析了孤独的本质和孤独的普遍性；第二章分析了孤独在文学创作中的四种表现，颇有独到之处；第三章选取中外几个有代表性的作家，深入分析了他们在思想上和创作上的孤独感；第四章探讨了不同作家如何在艺术创作中试图化解自己的孤独；第五章则着重研究了孤独在文学创作中的审美作用和价值。

据我所知，伯禄君是一个不事张扬、颇有内秀而务实的学者。他早在六年前就开始写作和发表有关情感与文学创作的系列论文。此书决非一般急就之章，而是一部经过相当长期的资料搜求、反复酝酿，有创造、有实绩的精心构思之作。更为难得的是伯禄君早就申请来北大访学，但由于他始终将沉重的教学和社会工作放在首位，以至数年蹉跎，直到去年，才得如愿。我十分高兴终于能在退休的前一年，得以为他提供一段相对集中的科研时间和一个充分利用北大图书馆的机会，促成了此书的完成，伯禄君也就成了我名下的最后一个访问学者，我为此深感庆幸。

热依汗和她的新著《东方智慧的千年探索——〈福乐智慧〉与北宋儒学经典的对比》

热依汗·卡德尔是一位年青的维吾尔族学者，生于1959年，今年刚好50岁。一般说来，50岁正是一个学者学术成就的高峰时刻。恰好今年11月，她的学术专著《东方智慧的千年探索——〈福乐智慧〉与北宋儒学经典的对比》出版了。我认为这是一件值得庆贺的大事。

我国是一个多民族大国，我们对于各民族音乐歌舞的发掘和推广取得了很大成绩，但对各民族文化的研究，对其相互关系的研究，特别是有关各族文化对多元一体的中国文化的贡献的研究，除了少数先觉者的勤奋努力（他们的成果如《中国各民族文学关系研究——先秦至唐宋》等）外，还缺少更广泛、更深入的探索。事实上，从中国历史来看，多元一体正是中国文化的重要特征。如果没有这个发展了几千年的一体，各民族文化都是孤立、互不相关的，那就没有今天的中华文化；同样，如果没有56个民族各具特色的文化多元，那也不会有今天这个丰富多彩的一体。热依汗·卡德尔的《东方智慧的千年探索——〈福乐智慧〉与北宋儒学经典的对比》可以说在这方面作出了极有创意的新的贡献。

《福乐智慧》是一部共计 13290 行的叙事长诗。作者优素甫·哈斯·哈吉甫，大约生于 1018 年。他青年时来到喀喇汗王朝的都城喀什噶尔（今喀什），就学于皇家伊斯兰教经学院，学成又在该学院执教。1069—1070 年间，他在喀什噶尔用 18 个月，写成《福乐智慧》，献给喀喇汗王朝大汗哈桑·本·苏来曼·桃花石·布格拉汗。这部以维吾尔双行诗体写成的长篇对话体叙事诗，如热依汗所说，不仅是一部阐述治国安邦的政治哲学著作，一部倡导养德修行的伦理学读本，而且也是一部语句优美，意境深远的杰出的艺术作品。《福乐智慧》，原意直译为"导向幸福的知识"，全书以四个人物来展示理想的社会形态和人生价值，他们各自代表"公正和法度""福乐和幸运""知识和智慧""来世和满足"四个方面。这部书被认为是维吾尔族智学的主要经典，对中亚、西亚和欧洲都有广泛影响。

原书以回鹘文（古维吾尔文）写成，有三个抄本：用回鹘文抄成的维也纳本，用阿拉伯字母抄成的开罗本，还有比较完整的、约抄写于 12 世纪末、13 世纪初的纳曼干本。国外一些东方学者很早就开始对以上不同版本进行解读、标音和转写，还进行了大量的翻译和研究工作；新中国成立后，特别是近些年来加紧了对《福乐智慧》的整理和研究：1979 年出版了汉文节译本，

1984 年 5 月出版了由回鹘文转写而后又译成现代维吾尔语的全本，1986 年 10 月出版了由拉丁字母标音转写的汉文全译本。对《福乐智慧》及其作者的研究，目前在我国已初步形成一个有完整体系的"福乐智慧学"。1986 年和 1989 年曾两次在《福乐智慧》的诞生地——喀什市召开了我国《福乐智慧》学术讨论会；1989 年初，在喀什又专门成立了《福乐智慧》研究学会。

《福乐智慧》见证了维吾尔族文化与中原文化的密切关系。该书序言说："此书极为尊贵，它以秦地哲士的箴言和马秦学者的诗篇装饰而成。"据考据，秦，就是当时契丹辽国控制的华北，马秦则是指北宋朝廷。据考证，序言大约写成于《福乐智慧》成书 200 年前后，也就是北宋末期，南宋初期。当时，沿着丝绸之路，喀喇汗王朝与中原的交往相当频繁。《福乐智慧》中就有这样的诗句："他们从东到西经商，给你运来需要之物……假若中国商队之旗被人砍倒，你从哪里得到千万种珍宝！"（《东方智慧的千年探索——〈福乐智慧〉与北宋儒学经典的对比》104 页，下同）后来，喀喇汗王国从"熏血异俗，化为蔬饭之乡；宰杀帮家，变为劝善之国"（81 页），虽然是由于多方面文化的影响，但中原文化显然也起着巨大作用。但（《东方智慧的千年探索——〈福乐智慧〉与北宋儒学经典的对比》一书的作者，并不满足于仅仅作某种文化关系的研究，也不想只是局限于探讨两种文化之间的某种相似之处，她认为仅仅是文本上的比对并不能深入到文化的内核之中；要探求深层文化意义，就"永远不能离开使人们在方方面面受到制约的政治、经济和道德的作用"。她深刻指出："思想的活跃总是与社会的动荡不宁联系在一起。因为社会动荡，有许多社会问题集中爆发，过去潜在的问题和矛盾都浮出水面；因为社会动荡，以往的社会道德体系和政治体系受到怀疑和质疑，过去有意回避或视而不见的道德痼疾和政治弊端愈加彰显……因此各种社会问题必须有适应社会变化需要的思想体系来匡正。所以，乱世不仅是一个英雄辈出的时代，也是思想极为活跃，思想家辈出的时代。"她认为当时的北宋和喀喇汗王朝处于这样一个时代。

从这一认识出发，热依汗研究"福乐智慧与北宋儒学"，首先是指出北宋王朝和喀喇汗王朝同样面临着一个动荡不安的政治和社会危机，急于确立统治者的神圣地位，建立一套具有约束力的社会道德规范体系，以使君臣之间、臣民之间严格等级，明确义务，各司其职，各尽其责。（128页）这就是宋代确立"四书"的地位和喀什葛尔出现《福乐智慧》的共同社会道德哲学基础。作者分析北宋王朝和喀喇汗王朝的知识分子遵循着相似的文化学术思想。宋儒坚持积极有为，经世致用的精神，表现出强烈的政治参与热情，后来发展为理学；优素甫·哈斯·哈吉甫突破伊斯兰思想的禁锢，将古老的突厥政治理念和具有全新概念的古希腊政治哲学融汇在一起，并吸收中原伦理道德的基本准则，以图建立一个合理的政治模式（145页），建立了以《福乐智慧》为核心的智学。他们中很多人都因为自己的理想不能实现而偃蹇一生。优素甫·哈斯·哈吉甫漂泊一世，悲叹当时的社会就是"有知者受屈辱，引身远去；有智者不开口，装作哑人"，他的颠覆性的批判和拯救平民的理想终于未能实现。和优素甫·哈斯·哈吉甫大体同时代的北宋改革家范仲淹、王安石等"乐以天下，忧以天下"，也遭受着同样的命运。《东方智慧的千年探索——〈福乐智慧〉与北宋儒学经典的对比》的作者还从"遵天道以定人伦""存天理与灭人欲"，"格物致知和经世致用""师古用今与天道利国"等方面进一步将优素甫·哈斯·哈吉甫的思想与北宋诸大儒作了深入的比较研读。该书的"下编"则是在《福乐智慧》的语境中对《论语》《孟子》《大学》《中庸》四书分章解读，并有独到的解析。

总之，我认为《东方智慧的千年探索——〈福乐智慧〉与北宋儒学经典的对比》一书最重要的贡献就在于作者将《福乐智慧》一书置于同时代汉文化发展的语境中，同时又将北宋儒学置于北方维吾尔兄弟民族的智慧中，加以打通、比照，构成一种独特的对话，使边疆地区的人民更了解中原文化，也使中原人民更能从历史上懂得兄弟民族的智慧和文化特色。这种创造性的沟通使中国多民族的同源共生更为突显，为我国文化多元一体的特色作出了有力的历史见证。

我与热伊汗素不相识，但当我知道她最近得了左肾透明细胞癌，做了左肾切除术时，心中十分难过。她还那么年轻，还有那么多未尽的理想和事业。她在给我的一封信上说："这样有意义的工作我非常希望做好，也希望更多的人通过读我的书，真正了解维吾尔人的文化，也希望更多的人认识到中华民族的文化历史，是我们多民族的文化历史，是中华民族共同创造的文明。在当下，我的这本书能出版，我太高兴了！同时也很欣慰，我希望自己做了一件对我们民族、对我们社会有意义的事。因为我热爱我们的民族、更热爱我们的祖国，让我们共同地为这个多民族国家多做些好事、益事，更希望民族与民族间相互信任；相互理解；让我们大家共同学习，共同进步，一起走向更加和谐美好的明天吧。我有点激动，请您理解。"她说得多么好！真情和热望溢于言表！我深深感动，受到内心的驱策，虽对《福乐智慧》知之甚少，但总觉得应该写一点什么，为热伊尔，为我们维吾尔族的兄弟姐妹，为我们的多元一体的伟大祖国！